## Tania de Montaigne

Après des études de sciences politiques et sociales, Tania de Montaigne rencontre un peu par hasard l'univers de la télévision, en 1995. Animatrice d'une émission pour enfants sur Canal J, elle devient par la suite chroniqueuse pour *Nulle Part ailleurs*, participe à *Field dans ta chambre* sur Paris Première, avant de rejoindre l'équipe de *Nous ne sommes pas des anges* sur Canal Plus. Et, comme il n'y a pas que la télévision dans la vie, elle est aussi marraine de Cœurs à lire, une association de prévention contre l'illettrisme.

Elle est l'auteur de trois romans : *Patch* (Florent Massot Présente, 2001), *Le quart d'heure islandais* (Florent Massot Présente, 2002) et *Geneviève et la théorie du cinq* (Flammarion, 2004).

# GENEVIÈVE
# ET LA THÉORIE DU 5

DU MÊME AUTEUR

*CHEZ POCKET*

PATCH

LE QUART D'HEURE ISLANDAIS

TANIA DE MONTAIGNE

# GENEVIÈVE ET LA THÉORIE DU 5

FLAMMARION

ISBN 2-266-14569-X

## *Prologue*

— Geny ? T'es Geny ? Oh délire, j'le crois pas !!! Geny, j'te kiffe trop !!! J'peux t'prendre un cheveu !!! Oh délire !!!

Qu'est-ce qui portait Geneviève à vivre cette aventure plus que quelqu'un d'autre ?

Pas le charisme de son cheveu, non. Pas son exubérance naturelle, non plus. Geneviève avait toujours été plutôt du genre à se faire oublier, elle appréciait particulièrement qu'on lui foute la paix, elle aimait le calme, la discrétion, les infusions, les Damart, « Au théâtre ce soir », des trucs de vieux qui lui faisaient du bien. Elle devait tenir ça de sa mère qui elle-même le tenait de sa mère mais pour des raisons strictement inverses.

Qu'est-ce qui expliquait qu'une adolescente au bord de l'implosion hormonale tranche les deux tiers du capital capillaire de Geneviève au couteau suisse ?

Au premier abord, les raisons sont multiples. D'aucuns diront que rien de ce qui se produisit n'aurait pu arriver sans les catalogues de vente par correspondance, sans les sports de glisse canadiens, sans les comiques qui imitent très mal les accents, sans l'oubli, sans le complexe d'Œdipe... Bien sûr. Mais une chose est sûre, rien de ce qui arriva n'aurait eu lieu sans la trentaine. Oui, c'était la trentaine qui avait déclenché cette avalanche d'adolescents survoltés qui poursuivent Geneviève et veulent un autographe, une photo, un boulot. Bien sûr. C'est évident, cette histoire a vraiment commencé quand Geneviève a eu trente ans.

Raconter pourquoi Geneviève perdit une touffe de cheveu en ce début d'année c'est raconter comment Geneviève trouva l'amour le jour de ses trente ans et devint, par conséquent, une personnalité référente chez les 15-24 ans. Et pour cause. Ce jour-là, Geneviève découvrit sans le savoir la théorie du *5*. Et s'il apparaît aujourd'hui clairement que c'est parce que Geneviève découvrit l'amour qu'elle devint une personnalité référente chez les 15-24 ans, Geneviève, elle, n'en sut jamais rien.

Il y a mille et une façons de raconter l'histoire de Geneviève, mais une constante demeure, tout démarre avec la théorie du *5* et tout finit par elle.

## Chapitre premier

### *Enfin, tout ça c'était hier...*

EN 1895, Sandra Van Viergen loupait une marche (la cinquième en partant du haut) du grand escalier de marbre de la demeure Van Viergen, demeure qui avait vu naître toute une génération de négociants. Des Van Viergen, robustes, solides, frondeurs, des explorateurs, des aventuriers...

Mai 1895, Sandra Van Viergen pose le pied sur la première marche d'un escalier, délicatement ouvragé, qui aura nécessité huit mois de construction, les meilleurs artisans du pays, les plus nobles matériaux du monde, une splendeur marbrée. L'escalier est important, il est un enjeu de pouvoir. Il est le symbole de la puissance du mari de Sandra Van Viergen, Van Viergen père. Puisque sa femme ne peut lui donner de fils, uniquement des filles, 5, des pelletées entières de femelles qui elles-mêmes font des filles. Une vraie malédiction, toutes ces filles qui piaillent, qui courent, qui rognent chaque jour un peu sur le peu d'estime de soi que possède encore Van Viergen père.

Elles le castrent, elles le surveillent, elles le débusquent jusque dans les moindres recoins de sa maison.

Chaque jour, Van Viergen père s'enferme des heures. Il contemple le seul instrument qui puisse attester de sa qualité d'homme, et, certaines fois, il a bien l'impression que son sexe rétrécit, qu'il entre en lui-même et qu'un jour, il se réveillera femme, avec juste un minuscule souvenir de ce sexe qu'on disait fort. Ses filles sont un seau d'eau froide qui ne désemplit pas, elles maintiennent sa virilité en dessous de zéro. Il se tait, elles agissent. Il se tait, elles conversent. Il se tait. Ses affaires n'ont jamais été aussi florissantes, il ne quitte plus son bureau, il travaille, il boit, il se tait, elles croissent et se multiplient. Et puis, un soir de juin, Van Viergen père rêve d'un escalier, un objet tout blanc qui n'en finit pas de s'élever, chaque marche en fait naître une autre, puis une autre encore. La nuit suivante, l'escalier lui apparaît à nouveau et les marches semblent l'appeler, il monte, une deux trois. Chaque nuit, il en gravit trois, des marches fines et rassurantes, tout à la fois. C'est comme si son pied était une langue parsemée de papilles d'une sensibilité extrême, c'est comme si chaque marche contenait tout ce que le monde compte de douceur, de sérénité, de bien-être. Un non-Van Viergen aurait peut-être cherché la métaphore derrière l'escalier, une explication moins concrète, plus psychologique, métaphysique, mais pour Van Viergen père tout ça ne fait aucun doute : ce qu'il lui faut c'est un escalier.

Le lendemain, lorsqu'il s'enferme dans son bureau pour converser avec son sexe, il a comme l'impression que son appendice est plus grand, plus droit, on ne saurait expliquer, peut-être est-ce l'attitude, une allure générale, plus assurée, moins soumise. Oui, se dit-il, c'est ce qu'il me faut, un escalier. Pour fêter l'idée, il boit. Pour fêter l'idée, il saute sur Sandra Van Viergen qui pensait avoir débarrassé son époux de ces accès sans grand intérêt. Toutes ces filles qui sortent de son corps à intervalles réguliers, elle se disait que ça finirait par le calmer. Mais non. Sandra Van Viergen est enceinte, un fœtus au milieu du ventre, un escalier au milieu de son salon grand style, ça fait beaucoup. Tous les jours, on respire cette fine poussière que projette le marbre, elle colle aux vêtements, aux cheveux, elle s'accroche aux assiettes, aux livres. Van Viergen père devient fou, plus rien ne l'intéresse hormis ses marches, il en rêve, il les compte pour s'endormir. Tout est marche. Les affaires Van Viergen vont mal mais rien ne compte à part ces excroissances immaculées qui s'extraient lentement du sol.

Un jour, c'est Adèle qui ne va pas, la petite dernière, la cinquième fille Van Viergen. Elle supporte mal le marbre qu'on travaille et qui vole. C'est le printemps, mais tout a un parfum neigeux dans la maison Van Viergen. Adèle lutte contre ces minuscules particules qui s'agrippent à tout. Ses petites narines s'agitent comme les bras de quelqu'un qui se noie. C'est en avril que Sandra Van Viergen trouve

Adèle, bien sage dans son lit. Une poupée teintée de bleu. C'est presque beau ce bleu. Une petite poupée immobile. Depuis, Sandra Van Viergen ne parle plus à son époux. C'est la seule marge de manœuvre qu'on lui accorde, c'est la seule arme dont elle dispose. Elle est enceinte et muette. L'ambiance est hivernale. Et puis l'escalier est fini, le plus grand de tout le comté, une érection grandiose.

Huit mois après que Van Viergen père a rêvé de son escalier, Sandra Van Viergen loupe une marche, la cinquième en partant du haut, donnant prématurément naissance à son sixième enfant qui sans cela ne serait probablement pas né, entortillé qu'il était dans son cordon ombilical. Un enfant, Émile, d'une pâleur spectrale, naissait aux portes d'un siècle qui compterait deux guerres mondiales, des millions de bombardements, des gaz moutarde, des trains qui arrivent à l'heure, des fours à plein régime, toujours la certitude chevillée au fusil. Un bébé à la peau de marbre naissait avec le siècle tandis que mourait sa mère, le crâne fracassé sur la cinquième marche d'un escalier impérial.

Un fils et un escalier, Van Viergen père ne voit plus que ça. Même la mort de sa femme ne l'atteint pas. Les filles Van Viergen sont en deuil et leur père n'est que joie, couvant du regard ce nouveau-né livide, que, déjà, elles haïssent. Alors que sa famille se disloque, que ses affaires périclitent, Van Viergen père se répète un fils et un escalier, et ça fait son bonheur.

Quand, quelques années plus tard, acculé par les dettes, il doit choisir, il vend ses filles, une par une, plutôt que de laisser la maison et perdre son escalier.

Émile Van Viergen, bébé de marbre, grandit peu et mal, petite chose malingre et mauvaise détestée de tous, sauf de son père. Quand ses sœurs n'ont rien, il a droit à tout, quand elles doivent mendier de quoi subsister, rien n'est trop beau pour Émile, quand elles sont insultées, abreuvées de reproches, Émile est félicité de simplement exister. Émile et l'escalier, la revanche de Van Viergen père, ses deux E.

E, la cinquième lettre de l'alphabet.

Un jour, c'est la guerre, une guerre imbécile bien sûr, une guerre de clocher. Une erreur de calcul et les obus pleuvent près du but, certes, mais pas exactement sur le but, à quelques mètres, trois fois rien. Un jour tout est bombardé, un jour le village est rasé, un petit village de rien sur une carte militaire, une erreur.

Un jour c'est la fin de l'escalier, la fin de Van Viergen père, mort sur la première marche, celle par laquelle tout a commencé. Des Van Viergen robustes, solides, frondeurs, explorateurs, aventuriers, il ne reste plus rien. Chacun se sépare, trop heureux de laisser derrière lui ces dix années de dévotion aveugle. Fini les deux E, c'est l'heure de la revanche, l'escalier a volé en éclats, Émile devra se débrouiller seul ou périr. Personne ne souhaite plus entendre parler du seul mâle Van Viergen, on le laisse à la grâce de Dieu sachant pertinemment que c'est plutôt à celle du diable qu'il convient d'adresser Émile, plante vénéneuse qui a poussé sur un terreau mortifère. Il est placé dans une institution religieuse où ceux qui ne le connaissent pas lui donnent trois jours avant de mourir.

Émile a dix ans, la taille d'un enfant de 5 ans, il connaît les sciences, la musique, quelques langues. Les autres enfants ont tous au moins dix centimètres de plus que lui. Les autres enfants n'ont jamais connu que la survie : nés pauvres, élevés en orphelinat, qui se soucie de leur éducation, qui se soucie d'eux ? Même pas Dieu. Alors ce nain, transparent tant il est blanc, à la respiration lente et caverneuse, aux gestes posés, à la garde-robe brodée, ils ne vont en faire qu'une bouchée, le battre, le voler, le violer peut-être, on verra, c'est Petit Pierre qui dira, c'est lui qui commande. Émile pourrait vivre là le plus grand traumatisme de son existence, après tout, lui à qui on ne refusait rien va manquer de tout. Oui, mais il ne connaît que les rapports de force, tous contre un, un contre tous.

Personne n'est là pour pleurer sur lui, il ne pleurera sur personne. Toute sa vie, il s'est nourri de haine, un peu chaque jour, alors ce Petit Pierre il l'attend au tournant, peut-être pas aujourd'hui, peut-être demain. Émile a le temps et la mort pour lui. On lui prend son lit d'abord, il dort à même le sol au milieu des puces, puis on le dépossède, lui retirant jusqu'à son nom, son prénom, il devient un esclave anonyme : Émile X, X Van Viergen, X X, une bête de somme parmi tant d'autres. Ça passera, il a le temps, il hiberne, s'isole en lui-même. À l'orphelinat, chaque étage est une sphère d'influences, Petit Pierre commande aux plus jeunes, Éloi aux plus âgés, quatre moines commandent à tous les enfants, le père François commande aux moines, Dieu commande au père François, mais Dieu personne ne le voit, il a déserté les lieux probablement, du coup le père François commande à tous. Racket, brimades, privations, le père François profite de tout. Sept années d'esclavage, pas un mot, pas une plainte, Émile est entièrement tourné vers l'intérieur, il ne grandit pas, il ne grossit pas, il survit, à l'écart, la vie devient une rumeur dont il entend les clameurs quelquefois.

Un jour de mai, un homme entre, un homme d'Église, paraît-il. Bon, un de plus. Il va rester quelques jours, faisons-lui de la place, visiblement il est important, quelque chose entre Dieu et le père François. On prétend que l'homme vient de loin, bon, il repartira et Émile restera, n'y pensons pas. L'homme tousse un peu, il est fatigué à ce qu'on dit, il souhaiterait s'allonger maintenant, qu'on le laisse. Chacun embrasse la main de l'homme et se retire. Quatre moines et soixante enfants embrassent le doigt sur lequel est enchâssée la bague de l'homme puis s'en vont, sans bruit, ne le fatiguons pas. Émile est un chien, on ne lui propose pas d'embrasser la bague, sa bouche est une souillure, sa vue est une épreuve, on le cache. Une bague venue de loin, d'un pays où l'on ramasse les pierres rien qu'en se baissant à ce qu'ils disent. Émile fait le guet dans sa tête, à l'extérieur, rien ne bouge, Émile est en soi et pour soi, un circuit fermé. La bague de l'homme, que tout le monde embrasse, rouge sang, elle hypnotise si on la regarde trop longtemps, c'est ce qu'on dit, c'est ce qui s'entend. On se bat pour la voir quelques instants, la bague de l'homme, pour l'embrasser. L'homme, lui, dort, un peu plus chaque jour. Il tousse aussi. Il tousse et dort, ça porte un nom, le nom d'une maladie qui vient de loin, d'aussi loin que la bague, d'aussi loin que l'homme. Une maladie qui grignote le corps, une forme de peste à ce qu'on dit. Tous l'auront sauf Émile, qui n'a jamais vu la bague, tous périront, Émile vivra, nain souffreteux peut-être, seul survivant c'est sûr. L'homme, le cinquième moine, est le dernier barreau de l'échelle qui permet d'atteindre le loquet, celui de la porte de sortie. 5 hommes entre Émile et le monde.

Il a seize ans, en paraît dix ou cent, c'est selon, le corps d'un enfant, le visage d'un vieillard, Émile a trop et pas assez vécu. Mais il est libre et en vie. Il parvient à s'embarquer sur un navire qui part pour le Nouveau Monde. Un immense bateau, une merveille technologique. Bien sûr, lui n'a pas les honneurs des étages du haut, ceux où des types bien habillés jouent des airs rafraîchissants, mais ça ne fait rien, regarder lui suffit, la mer à perte de vue, la lune. Émile est en troisième classe, six par cabine, 5 plus lui qu'on relègue en haut, léger comme une plume. 5 plus lui, le nain souffreteux qu'on jette sur une couchette à quelques centimètres du plafond, tu seras bien là-haut, on lui dit. Bon. Ça clapote sur la coque, ça se reflète à l'infini, c'est bien.

À un moment, ça se déchire quelque part dans la technologie, l'eau entre, d'abord sur la pointe des pieds, s'insinue dans les fissures, sous les portes et puis dans les corps, ballons de chair. Ça crie, ça se tait, ça bouscule, ça marche sur les femmes et les enfants d'abord, ça se bat et ça meurt par centaines. D'abord les pauvres, bien sûr, et puis tous les autres, les types bien habillés qui jouent des airs réconfortants. Combien de temps tu tiens sous l'eau ? dit la petite fille à rubans à sa maman. Longtemps elle tient maman, très longtemps. Le naufrage, le froid et la faim n'auront pas raison de lui. Émile avance, entouré de corps, carcasses pâles, endormies. Deux fois plus de morts que de vivants, deux fois plus de silence que de bruit. Mille cinq cent treize passagers meurent, pas lui, il survit. 5 hommes dans sa cabine, 5 hommes entre lui et la vie, toujours. C'est probablement dans l'eau glacée, les membres engourdis, quelque part au nord du globe qu'Émile envisagea pour la première fois que le monde est un escalier fini, pour aller d'une marche à une autre,

5 hommes suffisent, 5 intermédiaires entre chaque marche.

Tout a dû commencer là, mais c'est en février 1913 que la théorie du 5 prit forme. Pour le moment, nous sommes fin avril 1912, Émile passe de la transparence d'albâtre à une teinte violacée, le corps gelé, une nuit au nord du monde. Tenir jusqu'à l'arrivée des secours. Et s'ils ne venaient pas ? N'y pensons pas.

Puis Émile débarque, un jour de mai 1912, il vient d'avoir dix-sept ans, le Nouveau Monde est à lui. Une forêt métallique gigantesque et effrayante, de la lumière à perte de vue. Émile regarde New York et n'en revient pas, aussi grande qu'il est petit, aussi éclairée qu'il est sombre. Personne pour l'accueillir avec déférence, personne pour s'excuser non plus, on ne prête qu'aux riches. On lui propose juste une place dans un petit bureau d'études mal rangé, mal chauffé, rempli jusqu'à la gueule d'ingénieurs prometteurs, un petit espace en haut d'un building qui dit la puissance et le rayonnement, une petite case en haut d'une pyramide baroque et mégalomaniaque. Il accepte, il faut bien commencer quelque part, ce sera au 233, Broadway Avenue. De grouillot d'orphelinat, il devient bonne à tout faire d'ingénieurs, on progresse. Son bureau à lui, c'est un réduit graisseux. Émile se tait et observe, la théorie du 5 est en marche. Il la teste, il l'éprouve : entre deux hommes qui ne se connaissent pas, 5 êtres humains maximum pour faire le lien. Il mène l'enquête, sans un mot, sans une plainte, se nourrissant de rien, se remplissant de tout. Sa haine des hommes le rend clairvoyant, il démonte les rouages du hasard, de la probabilité. Ils sont ses rats de laboratoire, enfermés dans une cage géante, le monde. Sans New York, la théorie du 5 n'existerait probablement pas, la ville offre à Émile le plus puissant des microscopes, une fenêtre perchée au sommet d'un immeuble de deux cent quarante mètres. Tous autant qu'ils sont, ils croient à la liberté ou ils croient en Dieu, c'est du pareil au même, surpuissants ou dépassés, ils croient, Émile voit et c'est toute la différence. Dans ce pays où l'on ne doute pas que le progrès soit l'avenir de l'homme. Dans ces bureaux où chaque centimètre carré est envahi de schémas compliqués, de miettes, de technologie naissante, où chacun s'escrime à trouver la formule qui changera le train à vapeur en TGV, la voiture à eau en décapotable dérapage contrôlé jantes alliage ; Émile Van Viergen découvrit un nombre qui passa totalement inaperçu, le 5. Six mois de calcul, de divisions, d'additions, de $x + (a - ax) = (n - 1)! + 1 = o \pmod{n} = S(2) = 5$, pour parvenir à $x - n/y + n = 5$.

En divisant le nombre d'habitants de la planète par la densité, en additionnant, en multipliant et en pondérant le tout par des variables, Émile aboutissait à la conclusion étonnante que nous sommes tous à 5 poignées de mains les uns des autres. 5 poignées de mains entre vous et l'étudiant de Tien Anmen, entre vous et cette femme entraperçue au journal du soir, entre vous et Bill Clinton. *5*.

Bien sûr, d'Émile Van Viergen on ne parla pas ou très peu. La théorie du *5* fut rédigée fin 1912, achevée début 1913, janvier ou février. En mars, les yeux d'Émile rencontrèrent ceux d'une femme au corps d'une ingratitude à peu près comparable à la sienne, mais d'une bonté sans limites. Il l'aima. Quand il découvrit enfin l'amour, après dix-sept ans de haine viscérale, il signa son arrêt de mort. C'était probablement trop, ses fonctions vitales n'étaient pas armées pour ce genre d'émotion, un organisme construit pour l'autodéfense, conçu pour les guerres retranchées, hérissé de tours, de meurtrières, de douves. Rien à voir avec l'amour. Pourtant il l'aima, pourtant elle aussi, pourtant leurs corps se rencontrèrent, pourtant ils se prêtèrent serment, deux orphelins unis dans le Nouveau Monde.

C'était en mai 1913, il avait dix-huit ans. Émile naissait à la vie et mourait le même jour, écrasé par un ornement mal fixé de la façade de l'église. Il laissait une femme, un enfant à naître et un manuscrit qui fut religieusement conservé pour être finalement perdu dans un déménagement quelconque, quelques générations plus tard. Enfin, tout ça c'était hier.

## Chapitre 2

### *Paul a ce qu'il convient d'appeler un problème*

Et aujourd'hui ? Aujourd'hui rien n'a changé. La théorie du *5* pas plus que tout le reste. Personne n'en parle spécialement, personne ne dit : « Dis donc qu'est-ce que tu penses de la théorie du *5* ? — Écoute, ça tombe bien que tu m'en parles, j'allais justement te poser la question. » Non, les gens se parlent d'autres choses, de comment ça va, tu passes à la maison dimanche y'aura des frites, j'sais pas trop parce que les frites c'est gras, ouais t'as raison, mais par exemple je m'disais si on les fait sans graisse, ah ouais dans ce cas c'est sûr ça enlève le côté gras.

Si on laisse les discussions fritales de côté, il faut quand même bien admettre qu'on parle peu d'Émile Van Viergen, de son œuvre. Le *5* régit nos vies et nous n'en savons rien.

*5* doigts, *5* sens, différents et complémentaires, une chaîne pour chaque événement, une suite ADN qui forme un tout. Six milliards d'individus, des cellules en pagaille, de l'ADN comme s'il en pleuvait, des millions de croûtes au genou, des milliers de milliards de boutons de varicelle, des milliards de doigts qui les grattent, d'autres milliards qui les en empêchent, leur mettent des moufles, les attachent à leur lit. Sur ces six milliards d'individus, on en connaît combien personnellement ? Vingt ? Trente ? Soixante peut-être si on compte les collègues de bureau, les parents d'élèves, les copains du Gymnase Club. Soixante sur six milliards. Et tous ces gens qu'on ne connaît pas. On en voit, dans les journaux, à la télé, on en entend, à la radio, dans le métro, ici, ailleurs et on ne les connaît pas. Par exemple, Bill Clinton, on ne le connaît pas, l'étudiant chinois devant les chars place Tien Anmen, la petite fille qui court sous le napalm, la femme qui a vu un homme qui aurait tué un enfant qui n'en était plus un, tous ceux-là, on ne les connaît pas. Enfin c'est ce qu'on se dit naturellement, c'est ce que s'est dit l'homme dès qu'il a su qu'on serait plus de quatre à table, c'est ce qu'on se dit aujourd'hui, c'est ce qu'on se disait hier, c'est ce qu'on se dit tous.

C'est sûrement ce que se dit Geneviève en faisant deux trois exercices d'abdos fessiers. Et même si, s'arrêtant de muscler activement sa fesse gauche, Geneviève réfléchissait à ce que lui évoque le chiffre 5, il y aurait de fortes chances pour qu'il ne se passe rien, ou pas grand-chose. Peut-être se souviendrait-elle que dans les pages numérologie des journaux féminins, son chiffre totem c'est le 5, ce qui lui promet, selon Thomas Rougère, numérologue diplômé, une semaine de merde voire une année atroce, pas de boulot, une santé très fragile ou franchement défaillante, un relationnel très limite. Voilà, ce que Geneviève aurait pensé si elle s'était prise à réfléchir au *5*. À la rigueur aurait-elle pu également vous dire qu'elle avait *5* doigts et que *5* doigts bah c'est mieux que trois doigts ou douze doigts parce que, d'une part, la majorité des gens ont *5* doigts et que d'autre part c'est quand même plus confortable de ce point de vue-là d'être comme tout le monde. Geneviève se souviendrait alors d'une copine de colo, Frédérique Perrac, qui avait sept doigts de pied et passait ses journées à se mettre du vernis à ongles, et bah si elle n'en avait eu que *5* elle y aurait peut-être passé moins de temps. Encore que. Bon, on voit donc à quel point le chiffre *5* ne suscitait pas chez Geneviève de réflexions très passionnantes. Ceci dit, tout ça n'avait pas vraiment à voir avec le *5* en particulier, tous les chiffres, et les mathématiques en général, l'avaient toujours laissée totalement indifférente voire perplexe. Que des types puissent suer sang et eau pour parvenir à une formule qui permet de calculer l'aire d'un polyèdre à base conique ne laissait pas d'étonner Geneviève.

Six milliards d'individus, des millions de Robert, de Christine, quelques Jean-Pierre, un certain nombre de Kevin, vivent, boivent, s'achètent des paires de sandales allemandes avec une semelle en liège, trouvent ça beau, échappent à des viols, terrassent l'assaillant à mains nues, lui étranglent le testicule, et tout ça sans penser une seconde à la théorie du *5*. Et pourtant, ce Jean-Pierre, dont la sœur (1) a une amie coiffeuse (2) qui a fait son BEP au lycée Ronsard en compagnie de Francine (3) dont la cousine (4) est devenue coiffeuse d'Hillary Clinton (*5*), il est à *5* coups de fil de Bill Clinton et il n'en sait rien.

Aujourd'hui, Geneviève est à *5* poignées de main de son destin et, elle non plus, n'en sait rien.

Paul est le deuxième maillon de la chaîne qui la mènera à sa nouvelle vie mais il est encore loin de s'en douter. Parce que si on regarde bien, aujourd'hui est un autre jour mais, à part ça, rien de neuf. Les réveils sonnent, le jour se lève. Aujourd'hui, comme souvent dans le monde, le ciel est gris, les toits aussi, une certaine Mme Reganon tente de gagner la valise RTL, ça lui changerait son ordinaire parce que bon, c'est vrai, on a beau dire, cinq mille quatre cent cinquante et un euros c'est pas rien. Aujourd'hui le ciel est gris, les toits aussi, plus près, une certaine Ameline kiffe trop de pouvoir dire à ses copains de la 5e S que Skyfun ça tape ta vie ça déchire ton p'tit dej. Aujourd'hui, ici comme partout dans le monde, des gens se lèvent avec les cheveux en vrac, des croûtes aux yeux et une haleine qui va loin. Aujourd'hui, ici comme partout dans le monde, des gens tentent de se souvenir de la raison essentielle qui les pousse à s'extraire de rêves où des femmes à quatre bras s'achètent des labradors anciens champions olympiques de crawl, et en général ça prend du temps.

Alors, aujourd'hui, ici comme partout dans le monde, des gens assis sur le bord de leur lit ne font rien à part attendre que le sommeil passe, en se grattant des endroits divers. Bien sûr, ici comme partout dans le monde, on lit parfois dans des magazines que des gens globalement connus font d'autres choses quand ils se lèvent, comme huit cents pompes, quatre heures cinquante de yoga dynamique, des gargarismes au bouillon de poulet, des tartes aux quetsches pour exprimer leur joie d'être parmi nous, bien sûr. Mais à part les gens connus et les hyperactifs, ils sont rares les gens qui, entendant la sonnerie du réveil, sortent de leur lit en roulade avant en chantant *New York, New York*.

Aujourd'hui, ici comme ailleurs, des gens finissent par se lever, après avoir pris sur eux, et laissent leurs pieds les guider vers la cuisine ou tout du moins vers un endroit où ils pourront à nouveau se rasseoir et faire encore le point sur ce principe d'interruption du sommeil. En somme, ici comme ailleurs, des millions de gens attendent d'être totalement réveillés. Des milliards de Steven, de Kevin, des millions de François-Xavier, de Paul se grattent simultanément le slip en se dirigeant vers la cuisine, branchent leur bouilloire électrique et enclenchent le grille-pain. Des millions de Paul entrent dans leur salon et allument la télé. Mais, aujourd'hui, alors que tous les Paul du monde retournent dans la cuisine sortir leurs tartines du grille-pain pour les beurrer outrancièrement et faire monter leur taux de cholestérol, Paul Granceille, lui, est toujours en slip dans son salon. Aujourd'hui, Paul a ce qu'il convient d'appeler un problème.

— Merde, y'a une vieille dans mon salon !

À première vue, avoir une vieille dans son salon est ce qu'on peut, sans vouloir être alarmiste, qualifier de vrai souci. Disons que c'est globalement moins fréquent que d'avoir une rhino-pharyngite ou un truc coincé dans la dent. En général bien sûr. Et si on fait une statistique sur l'ensemble de la planète, sur six milliards d'individus, si on enlève les gens qui n'ont pas de salon, force nous est de constater que les cas de pousse de vieille en milieu fermé sont faibles. Pas inexistants, certes, mais faibles.

D'ordinaire, Paul est un homme dynamique, mais, là, il est un peu bloqué par cette vieille qui en plus d'être vieille, est noire. Pas que ça soit un problème, mais ça rajoute quand même à l'effet de surprise. Si on a très peu de chiffres sur la fréquence de pousse de vieille en milieu fermé, on en a encore moins en ce qui concerne les vieilles noires. Paul, pour sa part, tente de prendre contact avec cette femme. Les mots sortent dans un ordre pas vraiment cohérent. Évidemment, on comprend l'idée générale, mais ça reste brouillon : « Quoiii ?... Que ?... Mais !!! »

Là, la vieille se retourne très calmement et lui lance : « Ça vous dérangerait de faire un peu moins de bruit ? Et, d'ailleurs, sans vouloir vous commander, ce serait quand même bien que vous sortiez de chez moi. Merci. »

Elle lui sourit, un peu comme une infirmière qui a affaire à une personne dérangée, puis elle se replonge dans son livre.

Paul hésite sur la marche à suivre. Comme ça, tout de suite, sans réfléchir, il aurait tendance à se dire que, bon, il dort encore. Il est dans ce qu'en général, le matin venu, on qualifie de rêve pourri. Oui, plus tard il va se lever et se dire, bah dis donc j'ai fait un rêve, totalement pourri. C'était quoi déjà ? Ah oui, y'avait une vieille dans mon salon et elle faisait comme ci c'était moi qui étais chez elle. Bon, bah puisque c'est un rêve, tout va bien. Paul est détendu, il se propose même d'aller faire un truc auquel il a souvent pensé, danser en slip sur le palier pour faire chier sa voisine d'en face. Après tout, si on ne se fait pas ce genre de plaisirs dans les rêves alors à quoi ça sert de dormir ? Quelle heure est-il déjà ? 6 h 58, parfait. Il sort de chez lui, se place face à la porte de la voisine et se déchaîne comme une bête, évoquant vaguement une pièce chorégraphique extrêmement contemporaine, quelque chose de très free. Là-dessus, comme prévu, la voisine ouvre la porte pour prendre, comme tous les matins, le bus 55 de 7 h 08 au coin de la rue. Dans un premier temps, elle ne voit pas Paul, ensuite elle se fige, puis hurle, avant de le finir à coups de sac à main. Enfin elle dévale l'escalier en disant : « Merde, j'vais encore rater mon bus. » Elle se fige sur une marche, remonte. Paul rampe et se roule en position de sécurité. Elle lance : « Ah, au fait, n'oubliez pas la réunion des copropriétaires, samedi en 15. Allez, j'me sauve ! »

Bon, Paul rentre chez lui. Une chose est sûre, il ne rêve pas, il a bien le testicule gauche en réanimation et une vieille dans son salon. Elle lui tourne le dos, elle lit. Il s'approche d'elle, tente d'amorcer une discussion : « Euh, sinon ça va ? » Pas de réponse, elle finit une page, la tourne, en commence une autre, suivant les lignes avec son doigt, attentive, appliquée.

Lui, optant pour une approche joviale et décontractée : « Euh, ça a l'air bien ce que vous lisez ! C'est quoi ? » Il la regarde, sourire figé. Elle corne la page, referme le manuscrit et lui montre le titre : *La Légende des castors*. Puis elle reprend sa lecture où elle l'a laissée. Il n'y aura pas un mot de plus, pas un regard. Elle lui indique juste la porte du doigt, lui rappelant qu'il serait préférable qu'il parte de chez elle. Paul s'assoit sur son canapé Rigmunsk, il attend, il essaie de réfléchir, c'est pas facile, peut-être parce qu'il est en slip, ça fait des courants d'air. Dans ce cas, il se dit que ce serait peut-être mieux de se lever, de faire un truc. Tiens, il va se laver, ça c'est bien, c'est simple. Ouais, se laver c'est une bonne idée.

Il allume la radio et se glisse sous la douche, tiède mais pas trop. Paul chante, mal, les tubes pas dérangeants qui passent sur Autoroute FM, il sifflote même, en appliquant son gel douche miel et jojoba. Paul souhaiterait être le Paul de tous les jours, mais en fait il ne peut pas, dès qu'il ferme les yeux, il voit cette vieille. Bon, au pire, il peut toujours l'emmener au commissariat. Ah oui, hop, chez les flics la vieille.

Mais s'ils n'en veulent pas ? S'ils lui disent : Désolé, monsieur, les vieilles c'est comme les trésors, si vous les trouvez dans votre jardin, elles sont à vous ? Qu'est-ce qu'il en fera alors ? Il l'emmènera avec lui ? Parce que lui, dans quatre heures il décolle, il a un boulot à faire.

Sous certains aspects, Paul est un aventurier, un héros dont on suit les péripéties par guides interposés. Il est testeur de destination, plus exactement responsable de création touristique. Il part dans des régions qui souhaiteraient ardemment que personne ne les découvre et il balise le rêve *Pour que vos voyages soient toujours un bon souvenir*, c'est le slogan de la société, le sien aussi donc puisqu'il est sa société en quelque sorte. Il est celui grâce à qui on peut dire j'étais en Mongolie, l'accueil est fascinant, j'étais en Afrique du Sud, l'apartheid est un peu surfait, j'étais à Cuba, la vie y est formidable et les femmes...

Paul est celui qui écrit : « Très bonne pharmacie sur l'avenue principale », « Évitez le dentiste local, cher et peu compétent » ou « Nourriture grasse et cancérigène. » Des petites phrases qui sont autant d'histoires. Par exemple, quand on lit à propos d'un restaurant : « N'y allez pas la bouffe est avariée », c'est que probablement, Paul, après avoir marché pendant six heures par 40 °C à l'ombre, est tombé sur une petite cabane en retrait de la route principale, une enseigne artisanalement architecturée. Chouette, s'est-il probablement dit.

Ça commence toujours comme ça dans le boulot de Paul, par une joie première, presque enfantine. Il entre en disant « Ola » et s'installe. Une femme, très attaquée par le scorbut, lui tend une carte. Il choisit au hasard, ne maîtrisant pas complètement la langue. Un chien, visiblement enragé, le fixe, un enfant pleure à l'étage, la cabane est en tôle, il fait 65 °C. Deux heures trente plus tard, la femme à deux dents, puisque l'une des trois restantes vient de tomber malencontreusement dans le plat, lui apporte une assiette recouverte de choses vertes, tirant sur le violet par endroits, qu'agrémentent des objets frits difficilement identifiables. Paul, qui, bien souvent, n'a pas mangé depuis deux jours, attaque goulûment la friture et découvre, après avoir croqué dans l'opercule huileux, qu'il a affaire à de la glotte de poulet, de l'amygdale de porc ou de la rétine de merlan, difficile de se prononcer précisément. Il sent alors monter un début d'œdème de Quincke. Il paie la femme qui n'a plus qu'une seule dent à présent. Elle le remercie et retourne à son tricot, un poncho en poil de mouette. Il sort, le chien enragé accroché au mollet. Dans le lointain, un type joue un air extrêmement déprimant au banjo, tandis que Paul, rougeaud, erre dans la ville à la recherche d'une pharmacie de garde. Il fait 50 °C à l'ombre, un vent léger emporte des boulettes de cactus, soulève des poignées de sable qui viennent se coller au visage, se faufiler sous les paupières, dans les oreilles. Le portable de Paul ne passe pas, il le range et trouve au fond de son sac à dos multipoche une vieille barre vitaminée antitétanique. Il la mâche, presque heureux. Il est 13 h 00, il fait 56 °C, Paul s'évanouit au milieu de la place du village où rien ne bouge. Quand il se réveille, c'est la fraîcheur qui le frappe et l'odeur aussi, une odeur puissante, bestiale. Paul, à présent totalement réveillé, est dans une pièce peuplée de chèvres, une étable, qui, en fait, il l'apprendra plus tard, est la pharmacie de garde. Après avoir été soigné par application de bave de lama séchée, Paul s'en ira et notera sur son carnet : « Onguent local à déconseiller aux personnes sujettes à l'eczéma. » Et trente jours plus tard, quand il aura réussi à regagner l'aéroport le plus proche à vélo, on lui volera sûrement son sac.

De tout cela, il ne restera presque rien, quelques lignes dans un livre que les vacanciers consulteront distraitement en préparant les bagages ou en s'installant dans l'avion. Ils liront : « Les rues sont peu sûres, spécialité locale, le vol de sac à l'arraché. Les voleurs ne lâchent pas, donc ne pas s'accrocher à son sac » sans se douter que tout ça c'est l'expérience d'une vie, qu'un type a perdu l'ensemble de ses fringues et s'est pété la clavicule. Pour que leurs vacances soient toujours un bon souvenir, un homme a dû subir une opération de sept heures sans anesthésie et s'habituer à vivre avec des épaules en plastique. Oui, Paul est un héros et c'est pour ça qu'il doit régler au plus vite cette histoire de vieille dans son salon. Une vieille SDF si ça se trouve, une vieille sans famille.

Pendant que Paul prend sa douche, il convient de s'intéresser à cette vieille justement, qui, si elle est encore dans l'appartement, n'est plus vraiment dans le salon de Paul. Elle serait plutôt dans le bureau où se trouve un téléphone, qu'elle saisit d'ailleurs. Elle appelle et ça sonne quelque part, pas très loin, chez sa fille, chez Geneviève. Normalement, à cette heure-ci, la mère de Geneviève devrait être dans la maison de retraite où elle réside mais elle ne se souvient plus vraiment de l'endroit exact où tout ça se situe. Elle a souvent des absences, de plus en plus longues, des flottements qui la laissent perdue dans des endroits qu'elle ne reconnaît plus. Au milieu de tout ce brouillard, surnage parfois le souvenir de sa fille unique, Geneviève. Ça sonne, ça décroche.

Geneviève : — Allô ?

Mère de Geneviève : — C'est moi.

Geneviève : — Tu y as pensé où tu l'as noté quelque part ?

Ce qu'on sait peu, c'est que le jour où tout cela se passe, qui, a priori, est un jour d'une banalité évidente, Geneviève vient d'avoir trente ans. C'est aujourd'hui son anniversaire. Peu de temps avant que le téléphone sonne, Geneviève était assise sur son lit, fascinée par un détail de la page 915 des *3 Suisses*, une gaine chauffante tensiobuste, découvrant ainsi la différence profonde entre une femme de vingt-neuf ans et une femme qui vient d'avoir trente ans. À trente ans, on commence à s'intéresser sérieusement aux pages 915, 916, 917 des *3 Suisses*. La poire tonifiante mammaire, le bracelet minceur, le bermuda de sudation en thermoplastique, la thalasso des pieds, le dégonfle-paupières qui se branche sur l'allume-cigares, le tire-comédon qui fait également tire-poil de nez... Tout ça lui apparaissait d'un œil nouveau à présent qu'elle entrait dans la trentaine.

Et si Geneviève n'avait pas été aussi captivée par cette découverte essentielle, elle aurait sûrement remarqué qu'il était plus de 9 h 30, soit une heure et demie après 8 heures, heure à laquelle, en général, elle appelle sa mère. Et si Geneviève avait passé, comme à son habitude, son coup de fil matinal, sa mère ne se serait probablement pas enfuie de la maison de retraite où normalement elle réside.

Bon, cela dit, la mère de Geneviève ne voit pas du tout de quoi sa fille peut bien vouloir parler, à quoi aurait-elle dû penser, qu'est-ce qu'elle aurait dû noter ? Pour elle, c'est un jour de plus où elle navigue à vue, un de ceux qui en précèdent un autre et en suivent un paquet, un jour qu'on embrasse vaguement sur la joue, machinalement. Pas un de ces jours où tout le monde est à l'affût, pas un de ces jours remarquables que l'ensemble d'une planète, d'un même élan, s'apprête à embrasser à pleine bouche.

Mère de Geneviève : — Je ne sais pas. Viens me chercher. Je ne sais pas.

Geneviève : — Tu sais où tu es ?

Mère de Geneviève : — Je ne sais pas.

Geneviève : — Est-ce qu'il y a quelqu'un là où tu es ?

Mère de Geneviève : — Je ne sais pas...

Paul vient d'éteindre la douche, toujours très préoccupé par ce qui lui arrive. Il se prépare à l'idée de devoir vivre avec cette vieille, jusqu'à la fin de ses jours. Ça peut durer longtemps une vieille si on s'en occupe bien. Même si on ne s'en occupe pas d'ailleurs.

— Sinon tant pis, je pars et je la mets dehors, elle finira bien par aller se poser ailleurs.

Oui mais si, dans un mois, en revenant, il la trouve devant sa porte ? Comment il fera avec les voisins ? On va l'accuser d'être inhumain, alors qu'il donne tous les ans aux Restos du cœur, qu'il achète tous les disques, qu'il connaît toutes les paroles et voilà comment on le récompense ! Une Noire sur son Clic-clac suédois. Non parce que c'est bien beau de chanter qu'on n'a plus le droit ni d'avoir faim ni d'avoir froid, qu'on devrait tous mettre une assiette de soupe sur notre table au cas où un pauvre passerait, mais j'aimerais bien les y voir les chanteurs des Restos du cœur s'ils avaient une vieille qui s'invitait dans leur salon.

— Merde.

Ou alors, on lui dira qu'il est raciste, lui qui a fait toutes les manifs avec des badges très tolérants épinglés sur le blouson, lui qui possède une collection impressionnante de disques de world music et de masques de Tanzanie.

Ah elle est bonne celle-là. Paul pense que ça ferait sûrement rire sa mère une histoire comme ça. Il sort de sa douche, glisse très légèrement, se rattrape au lavabo et se retourne un ongle.

— Merde.

Paul est un aventurier coincé dans sa propre salle de bains à deux heures du départ. Il devrait ouvrir la porte, sortir, remonter le couloir. Il devrait être sur le coup, dynamique, mais en fait il ne peut pas.

Aujourd'hui devrait être une journée de plus dans sa vie d'homme mais c'est une peur d'enfant qui le paralyse, une peur sournoise qui lui bloque la main, lui enfonce les pieds dans le sol. Ce qu'il voudrait c'est ne plus sortir de cette pièce embuée, continuer à voir flou, flotter en attendant que ça s'arrête, c'est rien ça va passer. C'est rien, mais ça ne passe pas. Tout tremble. Paul s'adosse, s'affaisse et pleure, comme ça. C'est rien, ça va passer ? Est-ce qu'il en aura fini un jour ? Est-ce que chaque vieille le renverra toujours à sa mère ? Est-ce qu'il est condamné à fuir toute sa vie les endroits où se concentrent les vieux, les hospices, les croisières, les théâtres où se jouent des pièces de boulevard ? Paul respire, profondément, en faisant passer l'air le plus lentement possible de son nez à ses poumons, de ses poumons à son nez. Il gonfle son ventre, sa cage thoracique. Paul se calme, les héros ne paniquent pas, ils réfléchissent puissamment en s'allumant un cigare ou en s'admirant les poils du torse. Bon, comme Paul ne fume pas et possède quelque chose comme une pénurie poilifère dans la région torsale, il réfléchit en ne faisant rien.

— Mais est-ce qu'elle existe vraiment ?

Si ça se trouve non, c'est juste une hallucination, un mauvais délire. Il tend l'oreille. Silence. C'est bon signe ça. Enfin, si on veut, parce que si cette vieille n'existe pas, ça veut quand même dire qu'il a le genre d'Œdipe qui permet de se taper des hallus à 8 heures du matin. Dans le fond, Paul ne sait plus très bien ce qu'il préférerait : être fou ou avoir une vieille Noire dans son salon. Être à deux doigts de devenir Anthony Perkins dans *Psychose* ou être condamné à faire gardien de vieille, qui, comme le gardien de phare, mène une existence faite de patience, de solitude et, avec un peu de chance, d'un suicide au bout du chemin. Paul est un héros qui se demande s'il ne va pas finir en perruque et blouse attendant, dans les coins sombres des salles de bains, un hachoir géant à la main, que des femmes blondes se douchent.

Cette vieille dans son salon, c'est peut-être sa mère déguisée, réincarnée en une autre qu'il ne connaît pas. Peut-être que ça va empirer. Peut-être que ça n'est que le début, après elle va lui apparaître sous forme d'objets : ta mère en slip, ta mère en tong, ta mère en miroir de salle de bains qui se réfléchit à l'infini, ta mère en toi, adhésive, pénétrante. Non, non, Paul en est certain, tout ça va s'arranger. Il va sortir et parler avec cette femme, il va faire les choses calmement, avec logique et sang-froid. Il inspire, il y va. Il tourne la poignée avec précaution, sans respirer, concentré sur son geste. Il ouvre la porte, remonte le couloir sur la pointe des pieds. Plus que quelques mètres et il y est. Quelques pas encore et puis rien. Plus personne, Paul saute tout nu dans son salon, il est joyeux, il se détend et tourne le dos à la scène. On lui tape sur l'épaule, deux coups secs, il sursaute et émet un hululement profond, le genre de bruit qui vous échappe juste avant un infarctus. Il se retourne, c'est la vieille avec son propre téléphone à la main qui lui tend le combiné.

À l'autre bout du fil, une voix inquiète : — Maman ? Maman ? Tu m'entends ?

Paul : — Vous connaissez cette vieille ?

Geneviève : — Allô ?

Paul : — Elle est à vous ? Il faut la reprendre. Moi ça ne m'arrange pas de la garder.

Geneviève : — Euh oui, pas de problème. Je prends votre adresse.

Paul : — Merci.

## Chapitre 3

### *Geneviève et Paul se projettent des phéromones au visage de façon ininterrompue*

GENEVIÈVE prend le métro, Paul prend son temps, la mère de Geneviève prend son livre, *La Légende des castors*, et s'assoit sur le canapé de Paul. Geneviève n'est plus qu'à quatre poignées de main de son destin, mais elle n'y pense absolument pas, occupée à lire une lettre à laquelle elle devra répondre avec tact et intelligence. C'est son métier, Geneviève est psychologue de papier. La psychologue de papier travaille pour un ou plusieurs journaux, elle écrit des mots qui font des phrases qui font des réponses qui font du bonheur. C'est à elle qu'on dit :

*Chère Michelle, Françoise, Jocelyne* [ça dépend],
*Mon mari a les dents qui se déchaussent et les cheveux filasse, il aime la country et participe à des concours de cibie, mais je l'aime quand même...*

*Chère Michelle, Francine, Marie-Eudes* [c'est selon],
*Je ne peux pas blairer mon frère. Nous avons*

*quatre ans d'écart et, lorsqu'il est né, j'ai pensé qu'en le rangeant dans une valise, mes parents finiraient par l'oublier. Entre six et neuf mois, je lui ai joué de la trompette en plastique à 2 cm du tympan tout en le faisant tourner dans un tour de potier pour enfant, espérant qu'il sentirait de lui-même qu'il fallait qu'il parte. Quand il a eu un an et jusqu'à ses huit ans, j'ai tenté à plusieurs reprises de le supprimer notamment en le jetant dans le vide-ordures et en lui nouant le sexe à une poignée de porte à l'aide d'une cordelette... Mais bon, ça n'est pas vraiment pour ça que je vous écris, non, c'est plutôt que je sais depuis peu que ma sœur est ma mère et j'ai tendance à mal le vivre.*

*Qu'en pensez-vous ?*

Geneviève répond aussi à des femmes qui ne veulent plus faire l'amour, d'autres qui ont peur de leur mère, d'autres qui souffrent d'intenses brûlures à l'œsophage, d'autres qui ont d'atroces démangeaisons au niveau du cou, d'autres qui ont des enfants nains qui n'ont qu'un bras. Des femmes dépressives, des êtres qui dépressurisent, qui font face à l'évidence du problème : de même que personne ne sait pourquoi il faut prendre le fromage avant le dessert, il n'y a aucune raison valable de continuer à vivre. On vit parce que c'est comme ça. Oui mais après ?

Après, il y a Geneviève qui tricote les mots, qui recolle les morceaux. Parfois arrive une lettre, un quelqu'un quelque part qui va mieux. Il a pris du

Prozac, du Temesta, du Valium, pour tenter de bloquer la dépression. Et puis, finalement, il a pris sur lui parce que tout ça menait trop loin, au moins jusqu'à la mort et prendre des médicaments toute une vie pour finalement mourir guéri, il a trouvé ça dommage. Alors aujourd'hui, il est heureux, il voulait le lui dire, il a changé de vie, il est taxidermiste et il tient à lui offrir un couple de renards empaillés dressés sur leurs pattes arrière, une pièce superbe.

Autrefois, c'est à la mère de Geneviève qu'on écrivait, c'est elle qui trouvait des réponses décontractantes et éclairantes qui permettaient à des gens de continuer à vivre. Ils attendaient ses conseils toutes les semaines à l'avant-dernière page du magazine. Après les recettes, avant l'horoscope.

Geneviève sort du métro, entre dans un immeuble et se cogne violemment à un homme qui porte un sac. Il s'excuse sans la regarder, sort, charge le sac dans un taxi, remonte en courant et croise à nouveau Geneviève qui, cette fois, cherche son chemin. Il s'arrête. Leurs regards se croisent.

Paul : — Vous êtes la fille ?

Geneviève : — Euh, oui...

Il lui tend la main, il sent bon, il a les joues un peu roses d'avoir couru, elle le trouve beau. Elle lui tend la main, il la trouve formidable, alors qu'elle n'a encore rien fait. Il n'a jamais vu ça, tant de tout réuni en une seule personne. L'évidence. Il l'invite à entrer, se cogne un peu partout, il est maladroit, elle trouve ça génial. Elle est dans une sorte de transe cosmique, elle le regarde et elle sourit sans discontinuer provoquant un dessèchement de ses dents de devant. Normalement, il n'a pas de temps pour tout ça, il a un taxi qui l'attend, un avion à prendre.

En principe, elle doit retourner bosser, reprendre le cours de sa vie de femme qui vient d'avoir trente ans et qui sait que ses cellules ne se renouvelleront plus, que sa vue ira en décroissant ce qui obligera ses bras à s'allonger, que dans dix ans on dira d'elle qu'elle est presbyte, ce qui n'est pas forcément une partie de plaisir. En revanche, ses oreilles et son nez vont continuer de grandir, lui créant un physique pas forcément évident. Sa peau va tomber par plaques si elle ne prend pas garde de s'asperger tous les jours de crème contre les radicaux trop libres. Des petits poils blancs vont apparaître sous son menton, et, quand elle fera des enfants qui feront eux-mêmes des enfants, ses petits-enfants lui diront mamie tu piques et tu sens pas bon de la bouche.

En principe, et compte tenu de tout ça, Paul et Geneviève devraient être à fond dans l'action, prendre des décisions rapides et précises, passer leur chemin et continuer comme si de rien n'était. Oui, mais au lieu de ça, Geneviève et Paul se projettent des phéromones au visage de façon ininterrompue.

Ils sont au commencement du temps, ils sont Adam et Ève, un homme, une femme, vingt doigts, quatre yeux, deux bouches, un jardin, seuls au monde, le paradis. Ils sont là où tout a débuté, aux origines, un homme, une femme, un jardin, l'herbe verte, le ciel bleu, les lapins sautillent, c'est l'été, mais il pleut, ils sont trempés, ils s'en foutent, ils sont deux, seuls au monde, le paradis quoi. Ils glissent, se rattrapent, ils rient, ils sont deux. Appelons-la E., appelons-le A., l'air est frais, c'est trop la joie. Les abeilles et les crevettes butinent, hilares, les bouquetins éructent de bonheur, les loutres gambadent, le bœuf et l'âne gris dansent une gigue endiablée, les orignaux fument leurs poils. Ils sont tout en fusion, ils s'observent sans rien dire, ils sont bien. Dans le silence, berceau de cet amour naissant, la mère de Geneviève pète, rompant très légèrement le charme.

Geneviève : — Bon, euh, on ne va pas vous retarder.

Paul : — Oui euh non. Bah, je vous dépose dans ce cas.

Geneviève : — Bon, bah d'accord.

Geneviève prend sa mère, sa mère prend son manuscrit, *La Légende des castors*, Paul prend ses bagages et referme la porte sur son chez lui où parfois, par temps clair, on peut voir atterrir des vieilles. Geneviève n'est plus qu'à trois marches du tournant de sa vie. Cela ne la préoccupe pas, bien sûr. Elle s'installe dans le taxi de Paul et tente de maintenir un visage avenant tout en retenant sa respiration au maximum, compte tenu de l'odeur ambiante, assez proche de l'animal en cours de décomposition. Le chauffeur refuse qu'on ouvre une fenêtre parce que ça lui fait un courant d'air sur les cervicales et après il est coincé pendant des semaines. On roule. Et puis, finalement, il faut se quitter. On s'est dit qu'on se reverrait, mais Paul ne sera pas de retour avant deux mois alors...

Alors, malencontreusement, il effleure le sein gauche de Geneviève qui sans le faire exprès lui lance un postillon au-dessus de la lèvre supérieure. Oh oh oh, pardon, non c'est moi, ah ah ah, pas du tout. Les premiers mots de l'amour ont rarement à voir avec la correspondance de Sartre et Beauvoir. Les premiers mots de l'amour remontent à avant, avant les subordonnées, les conjonctives, avant l'imparfait du subjonctif, avant le langage même. Les premiers mots de l'amour ont des relents de début du monde. Et puis dans le cas de Geneviève et Paul, tout ce qu'il pourrait se dire n'y changerait rien, leur rencontre ne tient pas du hasard. Comme toutes les rencontres la leur tient de l'évidence, marquée par la théorie du 5, aujourd'hui est leur sixième rencontre, l'achèvement d'un cycle commencé avant eux, deux générations plus tôt, il y a cinquante-cinq ans.

## Chapitre 4

### *Un lino foutu et une cliente de perdue pour cause de désertion capillaire*

IL y a cinquante-cinq ans, la grand-mère de Geneviève, Mamina, était coiffeuse antillaise en salon et à domicile. En fait, antillaise, elle l'était même en dehors du cadre de la coiffure en salon et à domicile. Il y a cinquante-cinq ans, la mère de Geneviève était un fœtus sur le point de naître, mais personne n'en savait rien. Personne même pas Mamina, même pas le Dr Fucks, son médecin traitant, vraiment personne. Dans ces cas-là, on suppose toujours que la mère est de mauvaise foi, qu'elle savait et qu'elle n'a rien dit, le poids de la honte, la réputation, tout ça. Mais là rien de ce qu'on pourrait penser ne serait pertinent, il se trouve simplement que le grand-père de Geneviève fut la première expérience sexuelle de sa grand-mère, expérience si peu mémorable qu'elle décida purement et simplement de l'oublier. Qui était cet homme ? Personne n'en sut jamais rien. Quant au Dr Fucks, qui à l'époque allait sur ses quatre-vingt-sept ans, s'il ne décela pas la grossesse de Mamina c'est parce qu'il appartenait à un courant de l'école de médecine, aujourd'hui quasiment disparu, qui prônait le non-déshabillage des patients. L'idée c'est qu'il n'est pas besoin de vous voir nu pour savoir ce que vous avez, ni de vous toucher d'ailleurs, qu'est-ce que c'est que ces pratiques perverses.

Les patients du Dr Fucks mouraient jeunes, sa clientèle se renouvelait peu, mais il avait ses fidèles dont la grand-mère de Geneviève qui le trouvait formidable.

Alors, il y a cinquante-cinq ans, Mamina accouchait sur du lino appartenant à une femme qu'elle connaissait peu, une nouvelle cliente, à qui elle était en train de poser une crème défrisante. Deux conséquences directes : un lino foutu, une cliente de perdue pour cause de désertion capillaire. La crème défrisante, c'est prévu pour poser une demi-heure grand maximum alors forcément quand on la laisse trois heures, il ne faut pas espérer retrouver autre chose qu'un crâne anciennement peuplé de cheveux.

Cette cliente, c'était Mary Luret, celle qui devait un jour devenir la sauveuse du petit Paul qui, pour sa part, ne naîtrait que vingt-quatre ans plus tard dans une clinique privée de Washington où sa mère serait une des patientes les plus détestées du service. Mary Luret est la première marche qui mènera Paul à Geneviève, Geneviève à Paul. Mais le temps est encore loin où ils se retrouveront, le temps passe lentement pour la future nurse de Paul qui portera perruque pendant près de dix ans avant de voir apparaître, un jour, une mèche, timide et légèrement blonde, sur le sommet de son crâne. Une mèche d'un jaune moutarde extrêmement moche qui ne va pas avec grand-chose mais une mèche quand même.

Ce que Mary était venue faire en France ? Faire autre chose que Noire, faire quelque chose en plus, inventer un nouveau langage, d'autres phrases, s'envisager en dehors de « yes missie » et chez elle, à la Nouvelle-Orléans, depuis toujours c'est ce qu'une Noire dit, c'est ce qu'elle est, elle est « yes missie » parfois « bien missie ». Ce que Mary était venue faire en France ? Apprendre à dire non. Elle avait suivi le King, le deuxième King de son existence qui en compterait trois. Le premier King c'était son père, Charles Graham dit Kingsax, un saxophoniste aux yeux de velours qu'elle avait souvent perdu de vue puis définitivement retrouvé, le jour de ses 5 ans, pendu à l'entrée de la plantation où sa mère travaillait comme bonne. Accrocher un nègre à un arbre ça vous illumine une plantation. Fin du premier King. Une fillette de 5 ans regarde son père se balancer dans le vent du soir, le chaud vent du sud qui porte les doutes et les espoirs. Les Noirs c'est bien, ça prend des bateaux, ça change de nom, un jour ça s'appelle Kunta Kunte, le lendemain ça devient le nègre de Missie Ratchett, ça coupe six tonnes de coton par jour, ça invente le gospel, le blues, la capoeira et les guirlandes qu'on accroche même quand c'est pas Noël, ça se pend tellement facilement un Noir. Tout aurait pu en rester là, Mary faisait des études d'infirmière, baissait la tête, une vraie « yes missie », pas une oreille qui dépasse, elle courbait l'échine. Tout aurait pu en rester là s'il n'y avait eu le King, le deuxième, Nat King Cole, le cheveu cranté, le teint pâle, la voix chaude. Mieux que le vent du sud, il chante la romance, les tête-à-tête à Paris au printemps, les baisers, l'amour. Alors Mary avait pris une des décisions les plus importantes de sa vie, partir en France. Elle était arrivée avec les cartouches de Marlboro, le Coca, le jazz aussi. Elle était l'Américaine, la Noire américaine, elle était regardée avec curiosité, avec gourmandise parfois. Elle ne se souvenait plus vraiment pourquoi ni comment elle s'était retrouvée chez elle avec cette coiffeuse antillaise et sa crème défrisante qui pique les yeux. On avait dû la lui recommander. Sûrement. Sinon comment ? Sa vie s'était jouée dans ces quelques heures, dans cette crème défrisante. Hospitalisée, plus un seul cheveu sur le crâne, son voisin de chambre qui met la radio pour passer le temps et la voix d'un pasteur américain qui s'élève, une voix douce, ferme, grande comme le nom de l'homme, King. Il parle et tout semble possible, simplement dire non avec douceur et compassion, dire non. C'est ce qu'il fallait faire, retourner à la Nouvelle-Orléans et dire non, simplement. Faire quelque chose pour soi et les autres, un drôle de projet. Alors elle avait fait son sac et, en arrivant là-bas, elle avait pris le bus, n'importe quel bus ferait l'affaire, elle s'était assise là où les gens comme elle ne s'assoient pas, simplement. Elle s'était assise et elle avait pris un livre du King. Tout un bus qui se fige parce qu'elle est assise là et pas ailleurs, pas au fond, là. On aimerait qu'elle se lève parce qu'il en a toujours été ainsi, quand un Blanc s'approche, les gens comme elle se lèvent et laissent leur place. On attend, on s'inquiète, on insulte, on appelle les chiens, la police, elle est assise, là, simplement. Une ville entière qui se fige et elle est assise là. Un pays entier qui s'arrête parce qu'une femme est assise et ne se lève pas. C'est une femme de couleur qui a le temps d'attendre qu'on lui donne le droit de s'asseoir là où les gens comme elle ne s'assoient pas et le temps c'est long.

De l'autre côté de l'Atlantique, la vie passe lentement aussi pour la mère de Geneviève qui grandit dans les odeurs de laque, au milieu de femmes qui tirent désespérément sur leurs cheveux tandis que d'autres se bouclent à n'en plus finir. On tire, on pousse, on accouche de coiffure qu'on inonde de Elnett en espérant que ça voudra bien rester comme ça. Les peignes qu'on fait chauffer et qu'on passe dans les chevelures gorgées de brillantine, la mèche qui crisse et qui fume, qui lutte et puis qui cède pour un temps. La vie qui passe, les coupes qui se succèdent au rythme des stars qu'on adule puis qu'on jette et, malgré tout, le même problème demeure, le plat et le volume. Ça frise trop, ça ne frise pas, on discute, on brushingue, on permanente, on crêpe, on floute, on fait blouser le cheveu, on nourrit la pointe sèche, on passe derrière avec le miroir pour voir si même de ce côté-là ça vous plaît aussi. Oui ? Bon bah, à dans trois semaines.

La coiffeuse est au premier plan dans la lutte contre la nature, celle du cheveu, celle du temps qui rend la mèche éparse. La coiffeuse est la magicienne qui donne envie de croire que tout peut changer, que si on veut, on peut être noire et avoir une coupe à la Stone. En ce temps-là, les choses sont simples, lever 7 heures, mises en plis, parler de la pluie et du beau temps, déjeuner sur le pouce, séchages sous le casque, fermeture, rentrer dormir. Il y avait des crises parfois, brèves, fulgurantes, rien de grave encore. Et puis finalement, à l'âge de douze ans, la mère de Geneviève s'était réveillée, entourée d'un essaim de flics plus une assistante sociale en larmes. Mamina, la grand-mère de Geneviève, les avait appelés. Elle leur avait raconté qu'elle s'était réveillée et qu'elle était tombée sur cette enfant qu'elle ne connaissait pas, en train de lui épiler les poils pubiens à la lampe de poche. Bon, là, la mère de Geneviève avait vainement tenté d'expliquer à tout le monde qu'elle-même était peu versée dans le poil, pubien ou pas, et qu'elle aimerait bien dormir parce que demain elle avait autodictée avec Mme Marchand qui avait une notion de la pédagogie très basée sur le lancer d'enfants sur mur.

À ce moment précis, Mamina regarde sa fille et dit à l'assistante sociale : « Elle ment, je n'ai jamais eu d'enfants, je m'en souviendrais quand même, mince, vous n'êtes pas d'accord ? » Comme personne n'a d'avis, la petite est priée de sortir en pyjama et chaussons à grelots. Elle a douze ans, il est minuit. Mamina vient de plonger dans la maniaco-dépression alzheimerisante. La mère de Geneviève passe sa première nuit au poste à côté d'un type sous acide qui joue *Jeux interdits* au gazou. C'est là qu'elle commence à compter, un trait pour chaque jour qui la rapproche de ses vingt et un ans. C'est là qu'elle commence à se détacher de Mamina, à scier le cordon à la tronçonneuse. Après ça, les souvenirs de la mère de Geneviève ne sont plus qu'une alternance d'allers-retours, de déménagements, d'emménagements, d'absences, de moments de lucidité, d'hallucinations en tout genre. Un jour, Mamina la prend pour un indic du KGB, le lendemain pour une ancienne cliente du salon de coiffure. Certaines fois, Mamina ne dort que deux heures par nuit et tient absolument à taper la discute en anglais avec sa fille, en général vers 3 heures du matin

— *Do you like my chocolate ?*

— *Euh, no euh yes euh...*

— *What is it ?*

— *A bed.*

— *What is it ?*

— *A girl.*

— *What is your name ?*
— *Euh, a boy.*
— *No. Bad.*

À 4 heures du matin, certaines fois, la mère de Geneviève recopie cinquante fois *I am stupid.* Le tout après avoir été mise au coin pendant trente minutes. En général, dans ces moments-là, Mamina se sent physiquement au top de sa puissance, elle fait des pompes en minijupe en Skaï et rouge à lèvres qui déborde. Une bouche avec des talons aiguilles. Dustin Hoffman dans *Tootsie*, mais en noir. Dans ces moments-là, la mère de Geneviève est presque contente d'aller dormir au commissariat, ça lui fait des vacances. Et puis, à d'autres moments, Mamina est au fond du trou, on lui dit bonjour, elle pleure, on lui dit ça va ? elle se met la tête dans le four. Bien souvent, Mamina pleure au-dessus des copies de sa fille qui tente désespérément de faire ses devoirs. On parvient difficilement à les lire, on croit que la mère de Geneviève est fumiste et poil dans la main, c'est marrant cette nonchalance chez les Noirs, lui dit souvent son prof de maths qui adorerait les Antilles s'il n'y avait la présence de ces indigènes qui font chier alors qu'on les assiste tellement que c'en est scandaleux. De toute façon, tout ça, la mère de Geneviève s'en fout, elle a l'impression que la vie n'avance pas, que ça ne changera jamais. Elle descend une piste sans fin et elle ne sait pas skier. Elle saisit mal à quel moment on a pu se dire que ça irait comme ça, que Mamina saurait s'occuper d'elle.

Enfin, tout ça c'est le passé, un jour, la mère de Geneviève a vingt et un ans, elle prend le strict nécessaire et part le plus loin possible. Ce sera le Canada.

## Chapitre 5

### *Merci Gérard et à la semaine prochaine...*

La mère de Paul, elle, rêve d'Amérique, de Kennedy, de Graceland, d'Elvis en cuir noir et boots blanches, de Jackie en tailleur blanc et lunettes noires. Les États-Unis lui irait bien c'est sûr, un pays à sa hauteur. Qu'elle puisse enfin rouler dans des voitures extra-larges avec les vitres en verre fumé sur des routes gigantesques parce que, pour l'instant, sa vie piétine. Pourtant ça partait bien, elle avait misé sur un type prometteur, le fils du patron de l'entreprise où elle faisait la secrétaire. Pas longtemps, juste le temps de séduire le fils, faire un beau mariage en blanc avec plein de gens qui mangent des choux à la crème et lui offrent des soupières en argent. Un belle fête en somme avec enterrement de vie de jeune fille, enterrement de vie de garçon, son mari qui vomit entouré de tous ses amis pendant qu'une geisha louée pour l'occasion lui saisit le sexe avec une baguette qu'on utilise plus généralement pour saisir un nem ou une bouchée de porc vapeur. Que du bonheur !

Ça partait bien. Un garçon ambitieux qui veut

quitter l'usine familiale pour faire de la télé et la télé, elle le sentait déjà, la mère de Paul, c'était un peu l'Amérique : les voyages en première classe, les dîners sur la croisette avec des acteurs palmérisés, oscarisés même. Des gens qui vous connaissent, qui s'excusent de vous déranger.

Dans le temps, son mari aurait fait virer celui ou celle qui aurait osé lui offrir une place à une table pleine de miettes. Dans le temps, on le connaissait par son nom. On disait ah oui, c'est lui, il fait partie du club. Dans le temps, les journées de son mari étaient bien remplies. 14 heures, 16 heures, 18 heures, 20 heures, 22 heures, 0 heure, coke, coke, coke, coke, coke, coke. Aspiration intense, passage des particules blanches dans les narines, dans les sinus, les tissus, choc sur le cerveau. Dans le temps, il travaillait entre les lignes. L'énergie, la pêche, la clairvoyance. Plein d'idées qui se bousculent. Aspiration continue, se remplir. Il faisait des phrases très longues, il avait des millions d'idées. Les mots venaient sans qu'on ait besoin de les chercher. Les mots, l'argent, les putes, la classe. 2 heures, 4 heures, 6 heures, coke, coke, coke. Les boîtes, les putes, la fête. Aspiration continue. 8 heures, pute, alcool, somnifère. Évaporation continue jusqu'à 13 heures.

Il se remplissait de stupéfiants, il était stupéfait, saisi avant de retomber dans le gouffre de sa propre existence, du pourquoi, des comment. Il se remplissait de lui-même aussi. Ses muscles gonflaient sous contrôle. Le coach venait chaque jour avec ses claquettes et son jogging. Et on y va, et un, et deux, et trois, et quatre, et tu pousses, et tu tires, et tu pousses et on change de jambe et c'est parti et un. Un vrai prof de gym à l'américaine qui fait des phrases très longues avec plein de « et » pour faire le lien. Et on y retourne, et tu bloques, et tu bloques, et tu bloques, et tu souffles, et on passe sur le dos, et un... Inspiration, expiration continue, se remplir. Chaque organe est rempli, il y en aura pour tout le monde, du muscle, de la coke, de l'alcool, du somnifère, de la baise. Il était une mécanique de luxe et de précision. Je vous fais le plein ? Ouais, tout remplir, à ras bord. Elle comprenait tout la mère de Paul même les putes, c'est pas grave elle disait, du moment qu'on l'adule, son mari. Elle faisait la femme digne, enceinte de l'homme de la télévision, celui qui fait des émissions incontournables, saluées par tous.

Dans le temps, il invitait des gens connus, des chanteurs, des musiciens, des écrivains même, il faisait des émissions fortes en contenu. Il suivait les courbes d'audience, les statistiques, les CSP +, les ménagères. Dans le temps, il s'avançait sur le plateau, bonsoir madame, bonsoir mademoiselle, bonsoir monsieur. Il recevait des groupes de danseurs russes récemment passés à l'Ouest qui font huit cents trucs par minute avec leurs jambes. C'était formidable. Fin du morceau, les Russes disparaissaient derrière le rideau, sauf un qui parfois se faisait un claquage.

Dans le temps, il recevait aussi des chanteurs authentiques coiffés dans une tonalité capillaire hors mot, en brosse sur le dessus avec une longueur arrière ébouriffée et libre. Ils portaient des jeans Wrangler remontés au-dessus de la taille et des chemises en denim délavé qui blousent sur le pantalon par le biais d'un énorme ceinturon. Les chanteurs authentiques tapaient du pied en alignant une quantité impressionnante de mots d'argot du XIX^e^ siècle. À vrai dire, on n'y comprenait rien, mais c'était magnifique :

*Je dis à mon poteau Édouard*
*Fais-moi claquer la cibiche.*
*Il m'dit dis donc tu sais qu'tu firlettes.*
*Moi j'lui dis eh oh faudrait voir*
*À pas raboulder la mouflette.*

On dégageait le Russe, qui, en désespoir de cause, s'était fabriqué une attelle avec le manche de sa balalaïka. Dans le temps, tout était évident, il allait vite. Il était le sauveur, une sorte de Superman mais sans la cape et les petites bottes près du mollet. Il courait dans les couloirs, il avait une très longue crotte de nez blanche qui pendait, comme une stalactite qui dépassait de sa narine. Sa fidèle assistante le lui faisait remarquer, il la remerciait en lui touchant le sein droit. La mère de Paul ne disait rien, elle accouchait en silence d'un enfant qu'elle n'aimerait pas, elle faisait la femme digne, mère du fils de l'homme de la télévision, celui qui fait des émissions incontournables, saluées par tous. Lui, l'homme de la télévision, il déployait une foulée musculeuse, comme *L'Homme qui valait trois milliards* mais sans le bruit métallique. Dans le temps il était gorgé d'autres, en poudre, en liquide, en chair, en os. Tout, pourvu que ça ne soit pas de lui dont il soit question. L'enfer c'était soi-même, le paradis était ailleurs.

Ensuite, tout devint plus dur à remplir, les calendriers, les agendas, les pectoraux, les narines, les sinus, le cerveau. Le niveau montait, les exigences, les courbes aussi et lui il se vidait. Vidange générale. Ça devenait difficile de faire le plein. On lui disait qu'il n'était plus dedans. Tout était dans le rouge, ses audiences, ses comptes en banque, son nez. Hémophilie existentielle. Tout est dans le rouge, son lavabo design, ses draps, ses chemises en soie. Ça saignait, ça gouttait, ça fuyait. Tout fuyait même la mère de Paul qui aspirait à n'être plus la femme de l'homme qui n'était plus vraiment l'homme de la télévision, elle voyait plus grand. Plus rien n'était clair, limpide, simple. Alors il avait sauté le pas, un jour où le vide n'était plus supportable.

Lui : — Bonjour, je m'appelle Gérard et je suis un drogué...

Les autres : — Bonjour Gérard !

Dans le temps, il n'aurait pas eu à donner son nom, dans le temps tout le monde le connaissait, tout le monde lui épargnait d'avoir à se connaître par lui-même. Il ne s'appelait pas, ce sont les autres qui l'appelaient, en criant, souvent, en pleurant, parfois. Ils réclamaient l'aumône, un peu de son attention, une miette de son aura. Dans le temps, il y avait toujours quelqu'un pour lui dire qui il était. Dans le temps, il était le roi, un roi ivre, chancelant sur ses jambes remplies de muscles et de poudre et de champagne. Rempli de tout, partout.

Chez les drogués anonymes, on raconte son histoire à d'autres qui la connaissent déjà. Des gens qui voulaient être plein et qui brassent du vide. Chez les drogués anonymes, il faut être quelqu'un, avoir un prénom, un prénom qu'on colle à toutes les phrases qui vous sont destinées. Tout à fait Gérard, ton propos est clair. Tu veux nous en dire plus Gérard ? Oui Gérard, tu veux rebondir sur ce que dit Corinne. Merci Gérard et à la semaine prochaine. On applaudit Gérard pour sa confession.

Elle n'était plus la femme de l'homme de télévision, elle était la femme de Gérard l'homme qui part animer les mariages, c'est ce qu'il avait trouvé pour continuer à vivre à peu près comme avant, à un rythme décent s'entend. Avant il fallait trente mille, quarante mille francs par mois. Ça faisait combien de lignes par jour ça ? Dix, vingt ? Des lignes bien droites, bien blanches, les unes au-dessus des autres. Des lignes et des lignes, des pages et des pages, son cahier blanc, son livre noir. Maintenant tout son argent passait en dentiste, en ORL. Il avait les dents qui tombaient, les sinus qui s'effondraient. Il replâtrait, il recollait, il colmatait. Il remplissait les vides, à nouveau. Il n'avait jamais fait que ça. Savait-il faire autre chose ? Dans le temps, il ne les connaissait pas les employés, il ne les voyait pas, d'autres s'occupaient de ça, il déléguait. Dans le temps, jamais il n'aurait fait ça. Animer des mariages, dire des blagues dans un micro comme s'ils étaient amis, comme s'ils ne savaient pas qu'à la fin, ils lui feraient un chèque, dix plaques pour aller taquiner la mariée, bousculer gentiment beau-papa, boire des coupes de champagne en regardant les petits tourtereaux sourire comme des cons dans leurs fringues de merde. À présent, elle était la mère du fils de Gérard, petit être ingrat et chétif, elle était la femme de Gérard, l'homme des noces et banquets. Et quand parfois la mère de Paul disait bonsoir à son mari rentrant d'un mariage : Bonsoir Gérard. Il disait : Oui, bonsoir je m'appelle Gérard et je suis un drogué alcoolique. Puis il la regardait, gêné : Merde, ça m'a échappé.

Dès qu'il croisait quelqu'un, il avait l'impression d'être à une réunion des drogués alcooliques anonymes et la mère de Paul sentait que son rêve d'Amérique ne passerait plus par là, la voie était coupée, il faudrait prendre un autre chemin.

## Chapitre 6

### *Le curling n'est bon pour le mental de personne*

Au Canada, la mère de Geneviève devient secrétaire pour un club de curling, poste qui en a vu se suicider plus d'un, mais elle, ça la repose. Des journées entières à regarder des types en survêtement et chapka balayer frénétiquement un coin de patinoire pour faire avancer un gros palet en granit jusqu'à un cercle rouge, elle jubile. Le curling n'est bon pour le mental de personne, c'est à peine plus nocif que le patinage artistique mais c'est ce petit plus qui a définitivement poussé des gens à s'ôter la vie en se jetant sur la glace du haut des gradins.

On sait ce que c'est que de regarder du patinage artistique, des filles en tutus, des garçons en collants moulants, des heures de glisse, triple lutz, sourire au juge hongrois qu'est vraiment pas commode. Le couple s'avance, Steven Carter et Jessica Kemicone, on dit qu'ils auraient une liaison. Ces gens vivent en patins et Damart, ils ne font jamais rien sans prise d'élan. Les patineurs artistiques sont comme les maris des mantes religieuses, ils ne peuvent céder à la pulsion sexuelle sans mourir atrocement lacérés. Et puis ces filles de l'Est qui testent le dopage artisanal, ensemencées et avortées toutes les deux semaines pour être au top du patin. Vladimir Michorgski et Svetlana Machtchskaïa au centre de l'écran, la musique démarre, une reprise au synthé d'un tube d'Elton John. Les présentateurs s'accordent à dire qu'elle a l'air très en forme Svetlana, ce qui relève de la gageure quand on sait qu'elle a subi vingt-deux avortements en trois jours de façon à être au max de son écart facial dans la seconde partie du programme libre. Son partenaire aussi se porte bien, malgré les prélèvements de sperme dont il fait l'objet toutes les deux heures pour ravitailler les filles du patinage, de la GRS, du 400 m et de l'haltérophilie qui ont également l'air on ne peut plus en forme, peut-être un léger début de barbe, mais avec un physique comme ça, on peut tout se permettre.

Dans le domaine du curling, on a du mal à envisager sur quel produit dopant il faudrait tabler. Peut-être des amphétamines pour rester éveillé malgré les cinq à sept heures de balayage intense, les prolongations qui obligent parfois le rare public présent à dormir et travailler sur place. Peut-être de la créatine pour continuer à être un top balayeur et faire gagner son équipe avant le passage à l'heure d'été. Les entraînements, les compet', ça balaye à mort. Contrôle de l'aérodynamisme du balai, regard tendu, attention c'est parti, ça chauffe sous le palet qui finit, après des heures qui comptent double, par arriver un peu plus loin que la cible marquée au sol. Merde Francis, qu'est-ce que tu fous ! On va paumer les gars si on continue comme ça. Des fois, c'est le poignet qui se crispe, la main qui ne répond plus, la solitude du balayeur de fond. Le palet poursuit sa route, trop lentement. Il a envie de chialer le curlingueur quand il voit ça. Il a envie de dire pourquoi moi ? Et le public aussi, sauf la mère de Geneviève que la simple idée qu'il ne se passe rien met en joie.

Certaines fois, le curlingueur en train de perdre est saisi par le côté obscur, il développe une colère terrible qui le pousse à jeter violemment son balai. Là, souvent c'est l'accident, il se prend les pieds dans son instrument échoué au sol et s'étale sur la glace. Il entame alors un moment de glisse intimiste et s'éclate sur une rambarde, comme un joueur de hockey mais sans les protections. Les risques du métier. La mère de Geneviève est secrétaire du club, elle fait aussi infirmière à l'occasion. À vrai dire, elle fait tout pour rester le plus possible dans cette atmosphère préservée du monde. Elle comprime, elle compresse, elle tricosterile en les écoutant parler stratégie de balayage, inclinaison du manche.

Pendant ces années, la mère de Geneviève ne fréquente aucun commissariat, ne dort dans aucune cellule à côté d'une pute brésilienne, argentine, africaine ou roumaine, selon les arrivages. Ça lui fait du bien tout ce calme à la mère de Geneviève. À tel point qu'un jour, elle entame une relation avec le chef de l'équipe des Caribous, 2e équipe nationale, 4e équipe mondiale, un type tout ce qu'il y a de plus apaisant, pas bavard, gentil, un gars qui fait ses nuits, douze heures de sommeil. Pas le genre à se réveiller à 2 heures du matin, à vous fixer, le regard couvert d'une énorme couche de fard à paupière vert. Pas le profil à faire des interros-surprises d'anglais. Pas le genre de type à ne pas reconnaître sa femme ni à la dénoncer aux flics en pleine nuit. Non, lui, c'est tout ce qu'il lui faut à la mère de Geneviève. Alors ils s'installent, ils organisent leur petit chez eux avec des meubles en bois, ils regardent le jour se lever sur le lac, les vieux trappeurs qui glissent silencieusement sur leurs skis de fond, les chiens de traîneaux qui font une pause avant de repartir dans un bruit de respiration profonde et cadencée. La mère de Geneviève regarde les chiens passer et son ventre s'arrondir. Ils se disent qu'il va peut-être falloir se marier, on fixe une date, on invite tous les amis du club, chacun apportera des chaises et des disques. On va manger et danser en regardant la neige tomber. La mère du marié, totalement explosée à l'alcool de pin, va chanter des vieilles chansons qui étaient déjà insoutenables en leur temps. Ce sera simple, ce sera bien, quelque chose d'intime surtout.

Mais finalement, rien de tout ça n'arrivera parce que la vie n'est pas comme ça. La vie donne et reprend, un peu de répit pour nourrir l'espoir, celui qui fait vivre, une aire de repos avant l'autoroute. Ça bouchonne, ça klaxonne. À un moment, la vie dit impossible d'aller plus loin, la route est déviée. Le futur marié, lui, il va tout droit alors que ça tourne mais ça il ne le voit pas parce qu'il est concentré sur les derniers préparatifs, faut être sûr que ça se passera bien. Le truc c'est qu'on n'est jamais sûr de rien mais qu'on a du mal à l'admettre, et, quand on s'en rend compte, il est quelques secondes trop tard. La voiture a quitté le sol, un instant suspendu. Un nouveau trou dans l'emploi du temps de la mère de Geneviève, une nouvelle énigme : à quoi a-t-il pensé quand la voiture a décollé ? C'était un dimanche enneigé, la mère de Geneviève attendait, son futur mari s'envolait, la fête était terminée.

Une semaine plus tard, elle prenait un avion pour la France, avion dans lequel elle devait avoir ses premières contractions, une heure avant l'atterrissage. Elle serait transportée au dispensaire d'Orly où un médecin, hirsute, l'accoucherait alors que son truc à lui c'était plutôt les bandages. D'ailleurs, il en avait fait un, quelques heures avant, à un type totalement dépressif, un présentateur télé ou un truc du genre, un type connu en tout cas, ou qui l'avait été. L'homme avait tenté de se suicider en se jetant sur une des vitres de la cafétéria. Apparemment c'est tout ce qu'il avait trouvé pour retenir sa femme, la mère de Paul, qui prenait l'avion pour ne jamais revenir, trop contente d'avoir enfin un destin à sa mesure.

Elle allait faire femme d'homme d'affaires américain, elle allait faire dépenseuse d'argent gagné à la sueur du front de son mari, elle allait faire bridgeuse, elle allait faire des choses formidables et pour ça il lui fallait faire une croix sur son appartement pas vraiment bourgeois, son mari pas vraiment connu, son enfant pas vraiment blond. La mère de Paul faisait une croix et ça lui allait, un grand trait sur la fin des années soixante, sur sa vie d'avant, sa toute petite vie.

Le fils de Gérard, le demi-frère de Paul donc, fait le rêve qu'un jour sa mère meurt, c'est son rêve à lui, un rêve à l'américaine comme quand le héros se dit : un jour vous verrez. Le demi-frère de Paul se dit, un jour, elle saura comme c'est fort un rêve d'enfant. Il l'a vue se faire belle, prendre ses jolis chemisiers, ceux à motifs. Il l'a vue les repasser en suivant bien les coutures, elle les a pliés. Il l'a vue fermer la valise. Il l'a vue éteindre la lumière de la chambre sans se retourner. Il l'a vue sourire au chat en passant le pas de la porte. Il l'a vue appuyer sur le bouton rond de l'ascenseur, un bouton très haut, trop haut, un bouton rouge qui clignote jusqu'à ce que l'ascenseur arrive et puis qui s'arrête quand il est là. Fascinant ce bouton, rouge, un jour elle verra. Il l'a vue entrer et puis sortir de l'ascenseur, il a cru que c'était pour lui. Il l'a vue rerentrer dans l'appartement pour chercher quelque chose qui n'est pas lui et pour cause, lui n'est pas une chose, malheureusement. Elle est dans l'entrée, le front légèrement plissé pour faire venir les idées et puis il l'a vue sourire aux trousseaux de clefs, il l'a vue parler à des objets, il l'a vue complice avec des objets mais rien pour lui. Il s'est dit je ne vais pas bouger c'est sûr elle va me prendre pour un objet, et alors elle va me parler, me sourire peut-être. Mais rien, il l'a vue s'en aller. Après il a su qu'il n'avait pas assez bien fait l'objet, qu'il n'avait pas réussi à faire oublier qu'il était un petit garçon. Il s'est dit qu'il en mourrait, mais non. Il a vu son père prendre la voiture et foncer à l'aéroport. Le reste il ne l'a pas vu, personne n'a cru devoir l'emmener. Il est resté assis sur une chaise en Formica de la fin des années soixante, il s'est entraîné à faire l'objet, ne pas bouger. Il n'a pas vu son père prier, supplier la femme qui s'en allait. Il ne l'a pas vu se jeter sur les vitres de sécurité. Elle est partie sans se retourner en souriant à son billet, ça il ne l'a pas vu mais il le sait, sa mère ne sourit qu'aux objets.

Pour le médecin d'Orly c'était une dure journée, les gens ont le chic pour se passer le mot, après les points de suture, l'accouchement. C'est comme ça que la mère de Geneviève et le père du demi-frère de Paul, qui partageaient la même chambre, découvriraient le matin venu que les petits déjeuners des dispensaires d'aéroport ont le même goût que les plateaux-repas des avions. Des plats pas bons, tout prêts, comme on n'en fait que dans les gares, les aéroports et les stations-service, un avant-goût des vacances en somme.

Geneviève, quant à elle, avait quelques heures seulement et un prénom déjà pas évident. Dès petite, elle pressentirait qu'aucune personne de moins de soixante ans ne peut s'appeler Geneviève sans provoquer chez les autres un regard compatissant qui en général veut dire : on sait que tes parents ne t'ont pas désirée, sinon pourquoi t'auraient-ils appelée ainsi ? C'est vrai ça, pourquoi Geneviève ? Eh bien parce que Geneviève Fraseront, dans les années cinquante, remporta trois fois de suite les championnats du monde de curling, plaçant l'équipe des « Caribous » à un niveau inégalé depuis. Voilà. Si les parents de Geneviève avaient été fans de patinage artistique ou de GRS, aujourd'hui Geneviève serait une Irina ou une Nadia. Si la mère de Geneviève avait émigré au Mexique ou en Chine, où le curling a une existence très marginale voire inexistante, les choses n'en seraient pas là.

Deux semaines plus tard, la jeune mère s'enterrerait dans un tombeau à ciel ouvert, une cité quelque part en banlieue. Elle ne sortirait plus, les années passeraient, le béton vieillirait mal, les boîtes aux lettres seraient repeintes tous les trois ans, les noms des immeubles changeraient mais elle ne le verrait pas, elle s'en foutrait. Elle maintiendrait la tradition familiale qui veut que les filles grandissent sans père et ça ne gênerait personne parce que, dans une cité, c'est d'avoir un père qui est étonnant. Un parent sur les deux, c'est la norme.

Du coup, souvent, on s'interroge : à quoi ça sert un père ? Personne n'a d'idées vraiment précises sur la question. Ça sert à faire des enfants, oui, on peut s'accorder là-dessus. Mais après ? La question du père dans une cité, c'est celle du sens. Pas de continuité, tout est rupture, d'une classe d'intégration à un cycle de réinitialisation, d'un cycle de réinitialisation à un brevet d'adaptation. Un père, ça servirait peut-être à ça, à faire le lien entre hier et plus tard. Le petit d'homme interroge sa mère, ses grands-parents, ses voisins. Ils doivent le savoir, eux, à quoi ça sert un père. Puisqu'on n'arrête pas de lui dire que c'était mieux avant.

Avant tout le monde était poli, travailleur, avant il n'y avait pas de délinquants, pas de viols, pas d'incestes. Avant, il n'y avait pas de négros, de niakoués, de bougnoules. Avant tout le monde était mince, mangeait sainement, ne se droguait pas, parce qu'on pouvait regarder la vie en face, elle était tellement formidable. Avant lui le paradis, avec lui le chaos. Alors il veut savoir comment ils étaient les pères d'avant, puisque c'était si merveilleux, ils devaient vraiment valoir le coup. Il écoute les souvenirs émus d'une génération où on ne parlait pas. Avant les pères contenaient. Les bons pères d'avant sont ceux qui se taisent, qui mangent la soupe en faisant du bruit. Les bons pères d'avant peuvent remettre de l'ordre avec leurs mains si la situation l'impose, des grandes mains larges qui vous décollent du sol. Opaque et inquiétant, du père, on ne sait rien, il contient. Le père d'avant est un vaisseau amiral dur et droit, il est secret et responsable. Il contient tout et ne vide rien. Le père d'avant se meurt d'un cancer, d'un ulcère, du trop-plein et on n'en sait rien. Le père d'avant n'est plus et on garde les questions, l'affection, enfant de container, container soi-même. Ah, c'était ça alors. De toute façon, le petit d'homme n'a pas connu cette période. Entre-temps, tout a changé et c'est probablement de sa faute. Ce qu'il sait des pères il l'a vu dans des films américains.

Au début du film, le père est surpris que la mère soit enceinte, ça ne l'arrange pas vraiment, il part faire des grandes parties de basket viriles dans la nuit. Ensuite, la femme accouche sans faire couler son maquillage, et tout change. Dès l'instant ou l'enfant paraît, le père aime, c'est génétique. Il dit « je t'aime » tous les quarts d'heure jusqu'à la fin de ses jours. Quand l'enfant se réveille, je t'aime petit poussin. Quand l'enfant déjeune, je t'aime et j'aime tes Kellog's aussi. Quand l'enfant prend son cartable, n'oublie pas que papa t'aime. Quand l'enfant se casse un bras au base-ball, le père entre dans l'hôpital et hurle je t'aime dans les couloirs où des gens souffrant d'un traumatisme crânien aimeraient pouvoir se reposer.

Ce sont les Américains qui ont dû inventer l'amour externe, avant c'était une hémorragie interne, un truc dont on peut mourir à petit feu sans que ça se sache. Aujourd'hui, c'est une plaie ouverte, une souffrance au grand jour. Avant, c'était un truc qu'on faisait mais qu'on ne disait pas, un truc intime, silencieux, trop parfois. Mais un jour, aimer est devenu impératif, la dictature de l'amour. Tout est devenu visible, dehors pour qu'on le voie, sans ça, ça n'existe pas. Étions-nous prêts à cette transparence ? Non. C'est pas humain de tout savoir, ça crée des gouffres d'incertitude, des poussées paranoïaques. On se dit : ce qu'il ne dit pas, il ne le dit pas parce qu'il ne le pense pas ou parce qu'il le pense mais n'ose pas le dire ? Se dire qu'on s'aime est-ce que c'est s'aimer vraiment ?

Une constante demeure, le père, qu'il dise ou qu'il taise, est une question qui reste ouverte. Dans la cité, soit morts, soit enfuis, soit inconnus, soit un week-end sur deux, les pères sont une absence avec laquelle on fait. C'est la cité des femmes, mais c'est un secret. Les femmes dans les cités, on ne les voit pas à la télé, c'est bien la preuve que ça n'existe pas. On le sait depuis saint Thomas, voir c'est croire. Non, continuons à parler des hommes, ça fait plus sérieux, cette jeunesse qui répond à toutes nos attentes, qui brûle ses propres voitures. Des petits d'hommes, blouson de cuir, santiags, berger allemand, Mobylette volée, shit, ANPE, flipper. Et plus tard survêt, baskets, pitbull, scooter emprunté, shit, ANPE, Playstation. Des petits d'hommes, toujours les mêmes. On tourne en rond. D'abord sur le dos immobile, puis à quatre pattes, puis sur deux jambes les bras le long du corps et, un jour, la démarche s'étire, le pied droit s'ouvre légèrement plus à droite le gauche plus à gauche. Ça crée un déséquilibre, un temps plus long que la moyenne entre la pose du premier et du second pied. Le genou plie un peu plus bas qu'à l'habitude puis se redresse, pris d'un sursaut. La tête s'avance comme pour donner un coup de boule, faisant bloc avec le torse. Ça veut avancer, mais ça ne peut pas aller plus vite, deux vitesses, deux messages contradictoires, la démarche du lascar. La même que celle du blouson noir mais en plus amortie, c'est la chaussure qui fait ça, la basket donne du ressort là où la santiag frappe le pavé. L'idée est la même, bouclier anti-agression, la meilleure défense c'est l'attaque, l'attaque défensive en somme. La fille est-elle un petit d'homme ? Pas vraiment. Pendant qu'on se défie, en bas dans la jungle, les filles, elles, pratiquent l'esquive. Elles jettent leurs déchets dans les vide-ordures pour éviter les caves. Faut de la hauteur pour être une fille. Faut avoir le sens de l'élévation pour être une fille bien, comme celles qui sont dans les églises, les temples, les mosquées, les synagogues, celles qui quittent leurs pères pour épouser des maris avec lesquels elles ont l'extrême décence de faire des enfants sans avoir à passer par la relation sexuelle. Sœurette est en haut, frérot est en bas. Anne ma sœur Anne ne vois-tu rien venir ? Rien ne change. On tourne juste en rond.

Quand la femme des cités décide finalement de perdre sa virginité hors mariage, autour de trente-huit ans pour ne pas choquer tous les survêts de la cité (qui, eux, ont cessé d'être puceaux aux alentours de neuf ans, neuf ans et quart), on la priera gentiment, puisque à présent c'est une vieille traînée, de participer à des clips qui sont, c'est bien connu, le seul avenir de ces femmes-là. Elle viendra faire ce qui s'est toujours fait depuis les premières vidéos de rap : lustrer le capot d'une grosse voiture turgescente avec un maillot de bain panthère trop petit. Des chansons qui parlent de thèmes majeurs : « Il fait si chaud ici, enlève tous tes vêtements », dit un type aux dents en or qui porte une doudoune tandis que dix filles au bout du rouleau acquiescent avec leurs fesses. « Le string ça déchire, montre-moi c'que tu désires », dit un gars aux dents en diamant, le torse couvert de chaînes tandis que vingt filles récemment sorties d'un deuil familial compatissent avec leur pubis. « Les salopes c'est le top, viens bébé fais-moi rêver », dit un gars à la mâchoire en titane tandis que trente filles en postcure réfléchissent avec leurs seins. « Je veux te (un bip court) avec ma (un bip long) prends donc ce (triple bip) » dit un type au sinus en Inox tandis que cinquante filles en cure de sommeil ne font rien avec leurs corps huilés.

## Chapitre 7

### *C'est l'histoire de celui qui faillit être Jackie mais qui n'était que Paul*

PAUL ne se pose pas la question du père, pas encore, Paul a un père comme il faut et une future mère qui parle avec l'accent français, un peu comme Jackie Kennedy. D'ailleurs, la mère de Paul voudrait que Paul soit une fille pour l'appeler Jackie. L'histoire de Paul c'est celle du type qui déçoit sa mère depuis le départ, chaque jour, chaque heure. C'est l'histoire de celui qui faillit être Jackie mais qui n'était que Paul, la faute aux chromosomes sûrement, mauvaise alchimie qui change les femmes en hommes. L'histoire de Paul, c'est l'histoire d'un rendez-vous manqué. Paul naît parce qu'il le faut bien et puis, après, advienne que pourra.

Le père de Paul fait des enfants pour occuper ses femmes, lui il travaille, il engrange. Paul grandit et Paul déçoit, encore, enfant somnolent qu'on bourre de vitamine C, d'oligo-éléments, de steaks tartares, de jus d'orange, de clémentines. Les yeux ouverts, les muscles en éveil, il fait de son mieux pour contrôler, mais le sommeil l'a toujours pris au dépourvu. Il est ici, tout à vous et, l'instant d'après, son corps le lâche, sa tête bascule. Il dort quelques minutes ou quelques heures.

Depuis toujours il lutte, pour faire plaisir à maman, pour ne pas énerver papa, mais ça ne sert à rien. Entre deux sommeils flash, il a appris que Carter avait été élu, que Reagan avait eu le premier rôle, que l'URSS était notre ennemi, que son grand-père était mort, que sa tante s'était mariée, que l'URSS était notre amie. Des copeaux de vie qui venaient se ficher dans son œil et le maintenaient ouvert quelque temps. Et puis tout s'éteignait à nouveau, jusqu'à la prochaine fois. Pour se souvenir c'était facile, il avait toute sa vie cochée dans la chair, comme un arbre sur lequel sont gravées les amours, les détresses. Trois points de suture ici, deux fractures ouvertes là. Ses sommeils étaient imprévisibles, il tombait là où ça venait. Jusqu'à ses six ans, quand il se réveille, il est dans une classe bleu et rose avec des éléphants dessinés au pochoir sur les murs. Y'a des enfants partout qui peignent, qui écrivent avec la langue dehors pour rester bien concentrés. Y'a une jolie dame qui dit allez les enfants, répétez après moi. Jusqu'à ses six ans, quand il se réveille, il est à l'école, la maîtresse n'est jamais la même, signe que le temps passe, probablement. Les classes changent, petite section, grande section, mais lui, il ne change pas.

À un moment il tombe, sa tête cogne contre la table. Parfois, il tombe sur le chemin qui mène au tableau. En général, c'est en début d'année, quand on ne connaît pas encore l'étendue du problème. Après, on ne lui demande plus d'aller au tableau, il répond depuis sa place. Et puis très vite, on ne lui demande plus rien, son père paie, il passe. Son père est américain, sénateur, homme d'affaires aussi. Sa mère est française, élégante et raffinée bien sûr. Son père est influent, ici à Washington et un peu partout aux États-Unis. Son père est comme Jo Kennedy mais en pas mort. Lui aussi aurait aimé que Paul s'appelle Jackie et qu'il soit comme elle, une icône, dans son tailleur rose impeccable, faisant face à la vie qui tire en rafales, grave et digne. Sa famille à lui, c'est un peu comme la famille Kennedy mais en pas morts. L'ambition qui se perpétue d'une génération à l'autre, un projet qui enveloppe chaque demi-frère, chaque cousin. Dans cette famille, on ne s'appartient pas. On a une réputation à maintenir, une réputation à la hauteur de laquelle il convient de se hisser ou périr. Les Kennedy c'est le modèle, l'étalon-or. Mais Paul déçoit. On souhaitait une petite fille éveillée, il n'est qu'un garçon narcoleptique. Narcolepsie, c'est marrant, il n'a jamais su l'écrire. Norcalebsie. Narcaulaipsi. Nharquolezi. À six ans, ça ne passe plus ce petit, les cheveux pleins de sommeil, l'air toujours un peu ailleurs au milieu de cette école bilingue top niveau. Une fois, il se réveille, la jolie dame lui dit, ah, puisque tu es réveillé, lis-nous ça. Il fait comme on lui dit, il lit ce qui est écrit : bobo. Bobo ! La maîtresse se fige. Après, il n'est plus question d'école. Son père a l'air grave. Dans un cas comme ça, chez les Kennedy, on lobotomise discrètement et on met tout ça dans un monastère, ni vu ni connu. Mais, malgré tout, la mère de Paul n'est pas trop pour qu'on lobotomise son fils juste parce qu'il est dyslexique et narcoleptique. Quand on écrit *papa*, Paul lit *bobo*, ça vexe. D'ailleurs son père vient de décider que, désormais, ses enfants devraient l'appeler père, comme chez les Kennedy. Passe encore que Paul dorme dix-huit heures par jour par tranches de dix minutes, mais confondre papa et bobo, là non.

Bon, le père faiblit sur son idée de lobotomie, on ne découpera pas le cerveau de son fils à la scie sauteuse, d'accord, mais on le placera dans une institution avec des gens comme lui. Un établissement loin de Washington, à Détroit, un endroit où personne n'aura l'idée de venir fouiner pour rapporter un scoop fumant qui ruinerait sa carrière et celle de ses autres fils. Des beaux hommes, diplômés des meilleures universités, bien mariés. Comme les Kennedy mais en pas assassinés. Un chien galeux dans une famille de *winners*. Si c'est pas malheureux. Le tout c'est que ça ne s'ébruite pas. À vingt et un ans, on lui fera faire un beau mariage et ça passera tout seul. Bobo. On n'a pas idée. On dépose Paul devant une porte blanche avec un sac et un cahier, c'est sa mère qui les lui a donnés. Un cahier pour écrire des d à la place des t, des o à la place des a, des b à la place des p. Bobo pour papa.

L'Institut, c'est un endroit plein d'enfants, qui sent un peu l'urine, un peu l'éther.

*Boul écrid tons san cohier*
Paul écrit dans son cahier.

*Boul n'esd bos o lo moisan*
Paul n'est pas à la maison.

*Ço bue ici*
Ça pue ici.

L'Institut, c'est un pot-pourri des mille et une façons de s'estropier la tête. Des petites têtes cabossées, amochées, des jeunes cervelles brûlées pour trop de oui, pas assez de non.

*Oujaurt'hui Modhieu s'esd orroché les cils.*
Aujourd'hui Mathieu s'est arraché les cils.

*Tusdin esd un nauveou. Il veud daud le dembs m'abérer l'aeil o lo bedide cuillère.*
Dustin est un nouveau. Il veut tout le temps m'opérer l'œil à la petite cuillère.

On ne peut pas vraiment dire que l'Institut soit un endroit où l'on se sente bien. Pas fait pour.

Souvent on y pleure, parfois on s'y brise contre les murs espérant être placé, pour quelques jours, à l'infirmerie avec Mary, une dame noire avec une mèche blonde qui lit la Bible et chante des comptines en français.

*Mory naus bosse des films le timonche.*
Mary nous passe des films le dimanche.

*J'oime pien !*
J'aime bien !

Paul arrivait à en voir quelques extraits. Une fois, c'était un film totalement déroutant, un truc à propos d'un type qui arrive dans un village où il est interdit de danser. Bon, du coup le type danse outrancièrement pendant une heure trente jusqu'à ce que, finalement, tout le monde soit d'accord avec lui sur le fait que la vie, c'est plus chouette en dansant. Il lui avait bien plu à Paul ce film, il se sentait un peu comme ce héros qu'on prive de la partie la plus importante de ce qu'il est.

Il aimait bien aussi le karaoké. Pas pour chanter, il lui aurait fallu deux heures et trois sommeils flash pour venir à bout d'un morceau de trois minutes. Non, il aimait regarder les petits clips qui accompagnent les chansons, ça n'avait aucun sens, on aurait dit ses rêves. Son préféré, c'était celui de *You are my love* des Tender Childs, un clip essentiellement basé sur l'idée de filmer un vieux Chinois qui marche pendant des heures dans la forêt. Il aimait qu'il ne se passe rien de plus que cette marche au milieu des chênes, ça n'avait aucun rapport avec la chanson des Tender Childs qui parle d'amour fougueux sur la plage, c'était reposant. Il avait toujours fortement apprécié les chansons, Paul, c'était une des rares passions qu'il avait partagées avec sa mère, une femme avare de tout pourtant, partageuse de rien, de peur que ça ne lui manque plus tard, une engrangeuse, une carapacée. Pourtant, un des plus beaux souvenirs d'avant l'Institut c'était un concert qu'ils étaient allés voir tous les deux, il avait 5 ans et Claude François dansait sur une scène de Las Vegas dans un costume on ne peut plus pailleté, un costume qui faisait comme une guirlande. Le père Noël, avait pensé Paul ce jour-là. Et depuis il lui avait écrit toutes les semaines des petits mots maladroits pour lui dire tout son amour et toute sa joie. Et Claude lui répondait, Claude savait souvent quoi lui dire, Claude était son ami. Les lettres de Paul et celles de Geneviève se croisent dans un porte-documents où la secrétaire de Claude range le courrier en attente, celui auquel il faudra répondre. Celle d'un petit garçon américain et d'une petite fille française avec des noms de famille qui commencent par la lettre G. Et si la vie n'en avait décidé autrement, Paul et Geneviève se seraient retrouvés au concert « spécial enfants » donné par le chanteur en l'honneur de cent petits fans pris au hasard. Paul et Geneviève, réunis par Claude, l'un à côté de l'autre, lui à la place 47, elle à la place 49. C'est ce qui était prévu.

Paul aime l'ambiance du concert à Las Vegas avec sa mère bien droite qui ne lui parle pas et écoute le type blond qui danse sur l'estrade entouré de filles à moitié nues. Il a trouvé ça formidable, Paul, l'idée des filles à moitié nues, formidable. Alors que Geneviève, par exemple, n'a que peu apprécié le concept.

## Chapitre 8

### *Toi qu'as le sens du rythme, tu peux quand même nous faire une petite choré !*

DANS les années soixante-dix, il s'en est passé des choses ici et ailleurs, des guerres, des chocs pétroliers, des crises, des attentats, mais de tout ça, Geneviève n'a qu'un souvenir très flou, ce ne sont pas ces événements-là qui ont marqué son existence. Non, elle, ses repères sont tout autres. Ses souvenirs à elle, c'est la colo où elle part quatre fois par an avec le comité d'entreprise du journal pour lequel travaille sa mère. Des enfants blancs qui vivent en pavillons, en immeubles haussmanniens. Jusqu'à ce qu'elle ait huit ans c'est le problème Claude François qui l'occupe. D'ailleurs, pour être précis, le vrai problème ce n'est pas tant Claude François dont elle ne pense rien, à part qu'il a un sacré brushing. Non, ce serait plutôt ses clodettes noires.

Du jour où ces filles en short viennent s'agiter en souriant, la vie de Geneviève prend des allures de démenti permanent. La France pense que toutes les Noires sont des clodettes potentielles. Tout le monde veut tout le temps que Geneviève fasse la chorégraphie d'*Alexandrie, Alexandra*, alors que vraiment, c'est pas contre Claude François, mais bon, elle est pas trop fan de ses chansons. En plus, c'est pas pour critiquer Geneviève, mais elle a toujours extrêmement mal dansé. Allez, toi qu'as le sens du rythme, tu peux quand même nous faire une petite choré, sois pas vache. Et comme ça pendant des années. À tel point que Geneviève ne voit pas d'autre solution que d'écrire à Claude François pour lui demander d'arrêter d'embaucher des clodettes noires :

*Cher Clode François,*

*Je m'appèle Geneviève j'ai 7 ans. Je me permé de vous dérangé pasque j'aimeré mieu que vou prenié des clodettes d'une otre couleur. Cé pas contre vous ni contre elles mes bon, sa me fé vrémen une vie pas fassile. Je vous join kelke fotos de filles d'otres couleurs que j'ai découpé dans les* 3 Suisses *sa peu vous doné des idés.*

*Merssi d'avance.*

*Geneviève.*

*P.-S. : Vos cheveu sont sympa, mème ma grandmère ki est un peu fole le dit.*

Il n'y eut pas de réponse, en revanche il y eut d'autres chansons et d'autres clodettes qui s'agitent en maillot de bain, en combishort, en nuisette cloutée. Geneviève en fut fâchée, elle projeta même d'aller tuer la vedette. Chaque nuit, elle rêva Claude François mort. Bien sûr, elle s'en voulut après et tint absolument à venir déposer une fleur sur sa tombe. C'était forcément de sa faute, tous ces gens qui pleurent, toutes ces fleurs. Elle se demandait si ça se voyait, si on devinerait que tout venait d'elle, après tout il y avait une preuve, il y avait ces lettres qu'elle lui avait envoyées, c'était facile avec les chiens qui peuvent retrouver n'importe qui en reniflant un morceau d'ongle, un bout de papier. Oui, ils allaient la retrouver et, avec le détecteur de mensonges, on ferait vite le lien. Elle avait tué l'idole, on parlerait d'elle à la télé, les gens voudraient la voir, ils monteraient les cent cinquante marches qui mènent à chez elle, elle serait obligée de fuir, tout quitter, sa mère, les copains, l'école, sa maîtresse Mme André. Tout abandonner. Elle attendait, elle avait préparé son sac, mais rien ne venait. Un jour, elle lut que les soupçons se portaient sur une ampoule, la mort de l'idole, c'était la faute à l'électricité, elle fut soulagée. Elle avait neuf ans, sa vie de tranquillité allait pouvoir commencer. Elle se détendit, elle respira.

Mais, on le sait, la nature à horreur du vide, une époque chasse l'autre. Alors après la danse vint l'humour, après le rythme, la rigolade. Geneviève pensait qu'elle s'en était sortie, elle avançait, tranquille, regard à droite, regard à gauche, rien à signaler. Et puis, à faire chaque jour le même chemin, on devient moins attentif, c'est normal, ça se passe toujours comme ça. Souvent aussi, les dangers circulent dans l'angle mort, alors, même en étant très vigilant, on ne les voit pas venir.

Après quelques mois de calme, paf, s'ouvre une période entièrement dédiée aux blagues sur les noirs, dites avec l'accent africain. Geneviève a dix ans et c'est le début de l'ère Leeb. « Mais c'est pas mes lunettes dis don là ce sont mes narines », devient la phrase la plus drôle de France. Trois ans de calvaire. C'est sûr, il lance un nouvel éclairage sur le nez du Noir, Michel Leeb, une façon de voir les choses totalement nouvelle et originale. Geneviève se rappelle en avoir passé, petite, des nuits à pester contre ses cheveux, ses lèvres, sa peau. Mais le nez, elle n'y aurait pas pensé. Impossible de voir venir un truc pareil, il ne faisait de mal à personne le nez de Geneviève, il était là, tranquille, il éternuait, il coulait de temps en temps, il était parfois gras sur le dessus mais c'est tout, pas de quoi s'attarder. Et c'est reparti. À la colo suivante, fini les chorés à paillettes, là, tout le monde veut voir ses narines. On ne lui parle plus qu'avec l'accent de Michel Leeb qui fait l'accent africain. « Ça va dis don là prrrrésentement ? »

— Eh, tu fais voir tes narines ?

— Euh non...

— Eh t'as mis des lunettes ?

— Bah non...

— Ah mais non dis donc là prrrrésentement c'est pas des lunettes, c'est tes narines.

Bon bah à la vingtième lunettes-narines, forcément ça part tout seul, Geneviève en décolle une à une fille blonde avec des anglaises. Envolée d'anglaises sur lit de claque dans ta tête. Elle est convoquée par le dirlo, elle est seule sur sa chaise, les adultes l'observent. Discussion directeur-moniteurs à son sujet. Tout le monde est très étonné qu'elle ait si peu d'humour. Mais en même temps c'est vrai que c'est pas très étonnant vu d'où elle vient, la cité tout ça, plus cette absence de père. Le père. Ça explique tout : les échecs scolaires, les pantalons baggy, le vol à l'étalage, le mouvement hip-hop, le racket, les viols collectifs. C'est toujours la faute à trop de père à cause du chômage ou la faute à pas assez de père à cause de la vie. Ça explique, ça rassure aussi, on sait de quoi on parle, de glandes avec du poil autour. On dit à Geneviève qu'il faut avoir un peu d'humour dans la vie, que Michel Leeb a souvent dit que les Noirs, il les aime, d'ailleurs il aurait aimé être noir, il adore leur naïveté, leur innocence. Alors tu vois bien.

Ce qu'elle voit Geneviève c'est qu'elle aimerait bien que Michel Leeb arrête de l'aimer, qu'elle souhaiterait férocement qu'on lui foute la paix et que c'est pas facile de se faire oublier. Pourtant, bon an, mal an, la vie continue. Un jour, les gens de la colo peuvent même dire lunettes sans dire narine avec. Du coup, narine reprend sa place dans le cortège des mots un peu cliniques dont on se sert avec parcimonie et précision : tu as un poil qui dépasse de ta narine gauche, si tu saignes du nez pense à te comprimer la narine, hier je me suis fait piercer la narine. Des cas très spéciaux. Narine redevient un mot sans importance comme cuticule et fémur.

Pourtant, Geneviève est sur le qui-vive, elle attend la suite. Claude, Michel comment s'appellera le suivant ? Sera-t-il comédien, chanteur, mime. Sera-t-il célèbre, très célèbre, un peu connu ? Elle imagine un Jean-Pierre, comédien, immensément connu, ça va encore lui tomber sur le coin de la tête. Ou alors un Philippe, chanteur qui fait un succès avec une chanson coloniale du XIXe siècle, un truc frais sur les Noirs qui mangent du Banania. Mais en fait, le nouveau messie s'appelle Johnny, Johnny Clegg, chanteur blanc sud-africain. Geneviève craint un temps de repartir dans de la danse à n'en plus finir, mais non. Johnny Clegg c'est plus que la danse autour d'un feu de camp, Johnny Clegg c'est l'Afrique du Sud, les chants zoulous, Nelson Mandela, l'esclavage qui n'en finit pas. Alors, quand on croise Geneviève, on la regarde, on lui sourit, on pleure en pensant à la douleur du peuple noir. Johnny Clegg, c'est l'ère de la compassion, nous sommes tous des Noirs sud-africains, nous sommes tous des Noirs et nous souffrons, nous sommes tous des Noirs et nous dansons, nous sommes tous des Noirs et nous pleurons sur l'organisation scientifique de la déshumanisation, sur les camps, la torture, l'humiliation. Des millions de blondes en boubous, tresses colorées. Des millions de châtain clair en pantalons zoulous et tatouages tribaux. On dit à Geneviève : « *Assibonanga* » avec la larme à l'œil et la goutte au nez. On lui dit des paroles apprises phonétiquement dans les chansons de Johnny Clegg, des trucs qui n'ont plus aucun rapport, de près ou de loin, avec la langue zouloue. Elle arrive, on lui lance :

— *Obanebanaga assibonanga lavi fela kuna.*

En général, elle ne répond pas parce que finalement, c'est pas ça qui compte et puis ça ne ferait pas vraiment avancer les choses. Au point où on en est, à part attendre, rien ne sert à rien. On lui demande souvent :

— Tu ne voudrais pas me faire un tatouage tribal ?

Ou alors

— T'as pas cinq minutes pour me faire des dreadlocks ?

Enfin, un jour, il n'y eut plus d'apartheid, plus de Johnny Clegg non plus.

## Chapitre 9

### *Au Moyen Âge, on meurt jeune, du coup les mères vivent moins longtemps*

UN jour il n'y eut plus d'apartheid, plus de Johnny Clegg non plus, c'était quelque part vers les vingt et un ans de Paul, c'était pas très loin du moment où il déciderait de faire le mur et de quitter les États-Unis puisque rien ne l'y retenait vraiment.

Vers vingt et un ans, Paul était toujours à l'Institut et c'était à peu près la seule chose qui n'ait pas changé dans sa situation. Sinon, pour le reste, tout était différent. L'adolescence avait eu un effet radical sur lui, elle avait emporté sa narcolepsie. Paul cessa de dormir. Du jour au lendemain, il passa de la narcolepsie à l'insomnie sans que personne puisse expliquer le phénomène. C'est l'adolescence, finit-on par lui dire. Mais même insomniaque, Paul n'intéressait pas ses parents. Papa travaille avec une jeune secrétaire sur les genoux, maman se lifte en skiant à Aspen. On se fait chier avec classe et élégance, avec déjeuner sur la Cinquième Avenue et jet privé, avec nez en trompette et implant mammaire. D'ailleurs ont-ils seulement compris que Paul avait changé ? Pas sûr. Lors de leurs rares visites, ils lui disent : Oh c'que t'es en forme Paul ! Enfin disons plutôt qu'ils disent : Ohc'quet'esenformePaul ! en collant tous les mots et en parlant très vite pour être sûr qu'il ne s'endorme pas avant la fin de la phrase. Ils lui disent : Tun'asbesoinderiençava ? Ilsontl'airgentiltesnouveauxcopains !

Ils lui parlent comme ils l'ont toujours fait. Il leur répond comme il l'a toujours fait, à côté, parce qu'il ne comprend rien à ce qu'ils lui disent et qu'il n'ose pas faire répéter. Ils le regardent d'un air navré, pensant à leur réputation, brillantes personnes affligées d'un fils débile. Là, tout a changé, mais ils ne voient rien. Même pas la main du fils qui subtilise les billets de banque dans le portefeuille du père, visite après visite. Même pas les manœuvres de Paul pour parvenir à obtenir l'adresse de ce demi-frère qu'il a vu quelquefois lors de vacances chez ses grands-parents français. Ce demi-frère obstiné qui ne parlait pas, un mur, une surface lisse sur laquelle tape et rebondit l'abandon.

Une seule personne sent que Paul a changé, c'est Mary Luret. Elle l'a vu s'organiser, elle l'a soutenu même, un dernier acte de résistance avant la retraite. C'est elle qui, le fameux soir, oublierait de fermer la porte de la réserve de l'infirmerie, celle qui donne sur la sortie. Elle se faisait un devoir de l'aider parce qu'elle savait que s'enfuir était la seule façon pour Paul de dire non. Non à ce qui l'attendait : un mariage arrangé, une union de bonne famille avec une fille comme lui, narcoleptique, c'est pas de la chance ça ? Une fille comme il faut qui tâchera de garder les yeux ouverts le jour de son mariage. On la chargera, café, vitamine C, thé, Coca, carpaccio à volonté roulé autour de rondelles d'orange sanguine. Elle se déplacera avec peine dans sa robe en chantilly qui lui sciera le corps. Elle aura l'impression d'être un rôti de porc, d'avoir des saucisses cocktail à la place des bras. Le père de la fille entrera, précédant Paul. Sans la regarder il lui dira : je te présente ton mari. Elle tombera, un tunnel, très long, très doux, elle tombera. Elle se réveillera sous l'influence des grandes paires de claques énergiques données par son père. Elle sortira et ce sera parti. Ohc'quevousêtes-beauxtouslesdeux ! leur dira-t-on. On les portera. On les jettera dans un carrosse, on galopera comme des malades jusqu'à l'église, on les extraira du carrosse, on leur balancera du riz au cas où on n'aurait pas le temps de le faire à la fin, on les portera en courant jusqu'à l'autel. On jouera très rapidement la marche nuptiale dont on ne reconnaîtra, du coup, plus vraiment l'air. Certains penseront même avoir affaire à un inédit des Rolling Stone et battront légèrement du pied pour marquer le rythme. On se lèvera, on s'assoira. Tous les invités s'installeront très rapidement, les demoiselles d'honneur auront le chignon en vrac et le nez rouge d'avoir trop couru. Les témoins souffleront comme des bœufs pour tenter de reprendre leur respiration. Le prêtre aussi aura pour consigne de faire vite. Pas le temps d'accueillir les gens, de faire un petit discours, pas le temps. Il parlera très rapidement, il faudra être certain que les futurs époux puissent dire « oui » avant d'être à nouveau happés. Le prêtre : Paulvoulez-vousprendrepourépouse ? Pour gagner du temps, le prêtre désignera la future épouse au lieu de la nommer. Puisque c'est à ça, ou quelque chose d'approchant, qu'on le destine, Paul part en pleine nuit dans un monde qu'il n'a pas vu grandir. On dirait qu'il s'en est passé des choses, les routes, la ville, les gens. Tout est étrange, tout est formidable. Une première nuit chez Mary, sur un canapé posé au milieu d'un mobile-home. Ça se passe souvent comme ça à Détroit. De la tôle posée au milieu d'un champ de ruines, rien à voir, rien à sentir mais si on tend l'oreille, par-delà les sirènes des voitures de police, on entend le chant toujours différent toujours identique, les voix qui charrient la colère et l'espoir, qu'on l'appelle blues ou rap pour Mary le rythme est le même, celui du cœur qui continue de battre même si vu de dehors tout est presque mort. Mary aime Détroit parce que pour une infirmière baptiste, il n'y aura jamais de plus grande épreuve ni de plus grande preuve que la vie demeure envers et contre tout. C'est ce que découvrit Paul qui n'en était qu'au début de son voyage quand celui de Mary touchait à sa fin, le jeune Blanc, la vieille Noire qui échangent quelques mots de français pour la dernière fois. Ensuite, il faut trois mois à Paul pour sortir du pays, trois mois de stop, de bus, trois mois de rencontres, trois mois réveillé, enfin. Trois mois pour rattraper quinze années à l'ombre, trois mois pour marcher en plein soleil jusqu'à la mer et prendre un bateau qui va vers la France. Avec toujours la crainte d'être rattrapé ou de s'endormir au moment où tout se passe. Mais la narcolepsie de Paul a déserté les lieux. Au début, il se sent seul et puis on s'habitue à ce que l'éveil prenne le pouvoir, qu'il devienne un état majoritaire. Durant les trois semaines de traversée, il passe du rose au jaune puis au gris verdâtre et vomit à intervalles réguliers, découvrant à quel point il n'est pas fait pour la mer, ce qui lui fait gagner un temps considérable, car il sait déjà qu'il ne deviendra jamais animateur de croisière ou pêcheur de flétan ou conducteur de péniche. C'est important. Peut-être que Paul fera le même métier que son frère. Il y a des chances puisque indéniablement son frère n'a pas choisi sa profession par hasard, il doit tout à leur mère. Sans elle, il se serait marié, aurait vécu une petite vie calme dans un pavillon, il aurait quatre enfants baptisés par un prêtre alcoolique, des amis qui portent des gourmettes, une passion pour les jantes en alliage. Sans elle, il irait faire ses courses au supermarché d'à côté, il aurait une maison de vacances, il irait à la plage avec les enfants, il ferait des pâtés de sable, des parties de beach volley où on dit j'ai alors qu'on n'a pas. Sans elle il irait bosser à

Paris ou ailleurs en transports en commun, il aurait une carte Intégrale, une dent contre la SNCF. Sans elle le frère de Paul serait ici et n'aurait pas découvert l'incroyable soulagement d'être ailleurs, c'est-à-dire le plus loin possible d'elle. Le frère de Paul est médiéviste. Il a plutôt pris le parti du voyage dans le temps, mais ça reste un voyage quand même, il s'est dit que leur mère ne viendrait pas le faire chier au Moyen Âge.

Au Moyen Âge, les choses sont simples, le travail, les repas, la chasse. Au Moyen Âge, on meurt jeune, du coup les mères vivent moins longtemps. Avant d'être médiéviste, le frère de Paul avait fait chanteur dans un groupe de rock sans concession dont les tubes essentiels allaient de *Le Soleil est mort*, à *Nucléaire*, *On va tous crever*, ou *Immole-moi*. Après il y avait eu rupture avec le bassiste du groupe qui, en tant qu'artiste, refusait la logique réactionnaire qui consiste à répéter avant de jouer plutôt que de faire place à la création pure et au feeling. Schisme dans le groupe, éclatement musical et le frère de Paul passe une maîtrise d'histoire médiévale. Ça lui allait bien.

Après sa maîtrise, le frère de Paul s'installa dans un château en Lozère parmi une vingtaine d'autres personnes qui, comme lui, souhaitaient fuir un parent, une femme, la vie en général. Ils sont chercheurs, enseignants, historiens, comédiens au chômage, anarchistes, dangereux criminels recherchés par le FBI. À quoi il faut ajouter la fille du maire, grâce à laquelle ils ont des subventions, parce qu'on a beau dire, c'est pas avec les culottes en chanvre et les collants en laine de chèvre qu'on peut honnêtement gagner sa vie moyenâgeuse.

C'est dans cette ambiance que débarque Paul, six mois après avoir fugué et traversé deux pays. Son frère est un peu embarrassé, il ne sait pas trop quoi faire de ce bout d'Amérique qui s'impose dans sa vie, dans son rêve de voyage dans le temps.

Dans les rêves du frère de Paul, il y a des femmes rieuses qui courent, poulaines en avant, le corset desserré, dans la campagne champenoise. Au loin, entre deux bouchées de chevreuil au cidre, on sonne le cor.

Dans les rêves du frère de Paul, la vie est rude et concrète. Quand une fille de serf à une migraine, elle n'y voit pas une corrélation avec son rapport à la mère, non, elle se jette sur un mur en rondins, en chantant des comptines, plus connues au XIII^e^ siècle sous le nom de granberges. Son père, un berger boiteux et pauvre du nom de Geoffroy, ne l'envoie pas chez un psy, non, il lui tend un morceau de brebiane caillée, qu'elle prend sans se méfier, oubliant quelques instants de se trépaner au rondin. Sur ces entrefaites, il la plaque au sol, pendant que sa mère, la bonne Fremiante, lui badigeonne le corps de crottoise. On appelle la rebouteuse, qui se fout complètement de l'état du subconscient de la fille du serf, et tente plutôt de la soulager par le biais de manipulations diverses dont une consistant à attraper le cou et les jambes du patient pour les réunir en un point situé un peu au-dessus des fesses. La fille du serf a un peu mal car elle n'est pas vraiment souple, du fait qu'elle a une jambe plus courte que l'autre. Du coup, tout le monde la surnomme la Courtaude dans le village. On paye la rebouteuse en fromages. Elle range le paiement dans une gabiole en tissu après s'être mouchée dans la tunique de la Courtaude pour des raisons assez vagues de superstition. Une chèvre un peu distraite, la Reinette, entre dans la maison en rondins et file un vieux coup de sabot à la fille du serf, qui, en plus d'avoir une migraine et une hernie discale, a une dent en moins soit plus que douze puisqu'une bonne partie est tombée suite à une varicelle mal soignée.

Dans les rêves du frère de Paul, le jour décline, le vent souffle, on rentre les bêtes, on ferme les volets et on prie. Dans la nuit, on est réveillé par des coups, trois. C'est un voyageur. On lui offre une bonne soupe de ragunes avec un verre de trince. L'étranger observe la Courtaude, à plat ventre, occupée à se fouetter la tempe pour faire passer la migraine. Il propose de l'opérer des amygdales et des dents de sagesse parce qu'une fois il a vu faire ça dans un petit village, à Franlieu. La Courtaude, quelque peu réticente, n'a pas vraiment le temps de se prononcer. À nouveau attrapée, badigeonnée de crotte de brebis, elle est endormie au gourdin. L'opération dure vingt-deux heures. Si une partie du toit ne s'était écroulée sur elle, elle n'aurait, de toute façon, pas survécu à une septicémie avancée.

Dans les rêves du frère de Paul, il y a la mère en toile de fond, tout se mélange souvent, les visages, les lieux, les dates, ce qui est et ce qui n'est pas ; mais quand il se réveille, tout reprend sa place. Il se souvient qu'il est quelque part en France où elle ne peut plus l'atteindre. Et voilà que ce Paul vient le relancer jusqu'ici. Il a bien envie de le foutre dehors, mais il ne le fait pas.

Alors Paul prend le rythme moyenâgeux, il se lève avec le chant du coq nourri au grain, enfile ses vêtements d'époque en fibres naturelles, prépare les petits déjeuners à l'épeautre. On se retrouve dans la grande salle et on vote pour savoir qui fait quoi. Toutes les filles veulent faire la princesse, tous les hommes veulent faire le roi, personne ne veut faire le bouffon, beaucoup trop crevant comme rôle. Et puis chacun prend place autour de la grande table, le suzerain, les vassaux, le bouffon qui fait la gueule avec son chapeau ridicule. On mange dans des gamelles en bois. Quelques cochons sauvages entrent dans la salle et salopent la robe de la princesse qui est énervée tout le reste du repas. Pour une fois qu'elle est princesse, une bestiole à la con lui pourrit sa robe. Elle se lève et jette violemment sa cuillère à travers la pièce, dégommant l'œil droit du bouffon. Les hérauts sont obligés de laisser quelques instants leurs assiettes refroidir pour jouer au flûtiau un air solennel destiné à signaler que la princesse est sortie de table. Puis le roi se lève à son tour pour tenter de ramener la princesse à plus de raison, obligeant les hérauts à jouer un autre air solennel signifiant le départ du roi. La princesse est de retour quelques instants plus tard, accompagnée d'un air très bref signalant son retour. Enfin le roi regagne sa place et les hérauts jouent, de très mauvaise grâce, un air d'une brièveté rarement atteinte, signifiant par là que merde, on aimerait bien bouffer si c'est possible. L'ambiance est pourrie mais néanmoins moyenâgeuse à souhait. Ensuite, les premiers visiteurs entrent, font le tour du château, guidés par la princesse. Elle est suivie des hérauts qui tout au long de la journée joueront environ quatre cent cinquante-deux airs différents faisant chacun référence à un mouvement, une phrase, un rituel. La princesse descend de cheval : « Tutututututu. » La princesse se coiffe : « Tututututulu. » La princesse goûte une tourte au marcassin : « Tutu tutu lututu. » En arrivant dans la grande salle du château, les visiteurs et la princesse sont accueillis par le bouffon en équilibre sur une main puis sur la tête puis sur le nez, puis salto avant arrière, mauvaise évaluation de l'espace, réception sur l'angle de la table moyenâgeuse, cognage du tibia contre une armoire d'époque qui fait supermal. Les visiteurs pensent que ça fait partie du show, ils sont ravis. On les raccompagne en musique jusqu'à la sortie, la princesse ferme la porte : « Tutu lututututu. » Une fois seuls, les hérauts et le bouffon réclament une réunion. Une journée ordinaire au Moyen Âge, une parmi les mille quatre cent soixante que passera Paul. Sur ces mille quatre cent soixante jours pas un seul placé sous les auspices de la franche fraternité. Les relations qu'entretiennent les deux frères sont toujours distantes, empruntées, à tel point que Paul finit par emménager dans la chambre de Christian, seule personne du château à ne pas être dépressive. Est-ce que ça existait déjà la dépression au Moyen Âge ? se demande parfois Paul. Peut-être pas. Si le mot n'existe pas, la maladie non plus, c'est bien connu. Quand les choses ont un nom, il devient plus difficile de les ignorer parce qu'on aime toujours les nouveaux mots, on a envie de les enfiler pour voir comment ils nous vont.

Au Moyen Âge, ç'aurait été plus facile, pensait Paul, moins long en tout cas. Un dépressif moyenâgeux, c'est un gars qui est là, au milieu de ses potes qui tuent des loups, s'arrachent les dents à mains nues, lui rien. Plus l'énergie, plus l'envie. Il met une petite baffe de rien du tout sur le groin d'un sanglier, boude sa soupe de racines. Il est bof. Tout le monde lui dit : « Viens rigoloi Jehudin !!! » Lui : « Bof les copains, j'suis un peu fatigoi. » Il traîne le sabot, même un festoiement au bal ne lui dit rien. Plus d'appétit, plus le goût à rien, le dépressif au Moyen Âge était probablement comme le dépressif d'aujourd'hui, une personne qu'on finit par ne plus comprendre, par craindre. Sauf qu'au Moyen Âge, on l'attrapait et on le brûlait sur la place du village. Allez hop, pas de trou de la Sécu, pas d'arrêt longue maladie, pas de cure de sommeil, pas de décontractants, de neuroleptiques, non, un bon feu et on n'en parle plus. Au Moyen Âge, la dépression était une hérésie. Et aujourd'hui ?

Si Christian n'est pas dépressif, en revanche il est très énigmatique. On sait seulement qu'avant il était prof. Christian refuse de donner son nom de famille. Pourtant s'il le donnait, les choses ne seraient pas différentes pour autant. Savoir que Christian n'est autre que Monsieur Champagne ne bouleverserait la vie de personne au château. D'ailleurs, dit comme ça, l'info est loin de faire l'effet d'une bombe. Après tout Christian Champagne au niveau impact, c'est loin de ce qu'on produit en disant : Bonsoir à tous, je m'appelle Fidel Castro ou Bonjour, mon nom est Joseph Staline. Il n'empêche que Paul est fasciné par le personnage, il le trouve formidable ce Christian, peut-être parce qu'il a la même coupe que Claude François. Peut-être. Paul réfléchit à cette question tout en se préparant à jouer le rôle du héraut préposé au tambourin en peau de porc pour une classe de CM2 venue leur rendre visite. Les groupes scolaires c'est ce que préfère Paul. Durant son séjour, il aura l'occasion d'en voir presque tous les jours. Les châteaux, ça attire les groupes scolaires, c'est imparable. Tout instituteur sait qu'il est bon de visiter quelques châteaux moyenâgeux, ça aère, ça instruit, c'est chouette.

## Chapitre 10

### *Tous les Noirs ne sont pas de la même famille*

COMME nous tous, Geneviève en a certainement visité des châteaux plus ou moins moyenâgeux. À moins que, ce jour-là, le bus qui devait l'y conduire n'ait malencontreusement brûlé, pris en otage dans le cadre d'une négociation entre les jeunes du bâtiment Flaubert (anciennement bâtiment F) et le conseiller municipal. Avoir grandi dans une cité c'est avoir intégré le fait qu'il existe deux catégories de scolarité possible et que vous êtes dans la moins bonne des deux. La cloche a sonné c'est l'heure de rentrer, allez, ouvrez vos livres *Paul et Valérie* page 2. Paul et Valérie, leur chien, leur maison, leurs parents unis face à la vie qui ne change pas. Ve et a, ça fait va. Le et é, ça fait lé. Re et i, ça fait ri. Ce qui paraissait simple devient compliqué, c'est comme ça, la culture est en haut et il faudra sauter pour l'atteindre. On parle depuis longtemps, des Valérie on en connaît des tonnes, mais la Valérie du livre, c'est différent, elle répond à d'autres règles. Tout devient abstraction. On dit place mais placard. Ce et e, ça fait s. Ce et a, ça fait k. Ah bon mais se et e, ça fait ce ou ze ? Ça dépend, un secret ou une ruse, c'est selon. Ah bon. On est trente sur la ligne de départ, on est vingt à mi-parcours. Certains ont trébuché, papa maman Valérie. Pe, a, u et le, Paul. Et puis c'est fini, le saut dans le vide. Les lettres dansent et tout ça ne veut rien dire. Vous parliez, et bien, lisez maintenant. On multiplie les chemins de traverse pour ceux qui n'entendent rien à cette langue.

Geneviève découvre le prof missionnaire de gauche et le prof missionnaire de droite. Le prof missionnaire de gauche l'encourage sans arrêt à parler son dialecte, il lui propose à tout bout de champ de faire des exposés sur son pays pour montrer les richesses de l'Autre. Le prof de gauche veut qu'on l'appelle par son prénom, se fout complètement du programme car il ne voudrait pas sembler trop directif. Le prof de gauche pense souvent que Noir c'est un pays différent donc formidable. Le prof missionnaire de droite, lui, c'est différent, il propose des cours de rattrapage, de soutien, il résout tous les problèmes en faisant des dictées. Il est pour le redoublement multiple, les châtiments corporels, il a plein d'anecdotes qui commencent par des enfants récalcitrants en pleurs et qui finissent par les mêmes enfants, en fin d'année, qui le remercient d'avoir été aussi dur, ça leur a fait un bien fou. Le prof de droite veut qu'on l'appelle par son nom de famille et que chacun soit à sa place. Ce qu'il veut, c'est compenser un héritage culturel embarrassant. Le prof de droite pense que Noir est un pays différent qui doit profiter de notre culture formidable au plus vite. Si Geneviève va à la piscine avec le prof de gauche, lorsqu'elle sort du vestiaire, il lui dit : « Génial, tu peux chanter quelques chants de pirogue si tu veux ! » Le prof de droite, lui, observe les jambes de Geneviève que la sécheresse de peau blanchit légèrement. « Mais que tu es sale », hurle-t-il, et il lui ordonne sur-le-champ de retourner se doucher car il convient aujourd'hui d'apprendre les rudiments de l'hygiène aux sauvageons. Après il l'oublie et Geneviève reste deux heures sous la douche. Entre ces deux extrêmes, point de salut. Le bab ou le jésuite. Les deux faces d'une même condescendance.

Les cités sont des jungles urbaines, les enfants des cités sont les nouveaux sauvages. Les illuminés et les anciens militaires se pressent dans ces terrains d'expérimentation à ciel ouvert. Et quand un nouvel élève noir qui ne parle pas français fait son entrée dans l'école, si Geneviève est dans le coin, le prof de gauche la regarde et lui dit : « Parle-lui. Demande-lui quel est son nom et de quel pays il vient. » Geneviève a souvent envisagé de publier un communiqué qui démentirait formellement l'existence de la Noiricie, cette contrée fantastique où on élève des gens génétiquement programmés pour danser et jouer du tamtam ou taper sur des bambous en fumant des drogues douces. En Noiricie, il y aurait une langue commune, le noiraud, parlée par tous les Noirs de la planète. Non, la Noiricie n'existe pas, n'ayons pas peur de le faire savoir. Du coup, il n'existe pas non plus d'interprète noirophone et tous les Noirs ne sont pas de la même famille. Geneviève, elle, slalome entre les gouttes et tente de passer inaperçue. Sa mère la trouve vaguement surdouée ce qui, à un moment, effraie Geneviève. Elle se voit déjà passer ses journées dans des classes spécialisées au milieu d'enfants passionnés par les dinosaures et les crottes d'insectes. Mais, heureusement, la vie est bien faite, déceler un surdoué dans une ZEP c'est à peu près aussi complexe que de conserver un instituteur plus de deux mois sans user de pressions psychologiques. Une année, la nouvelle instit entre, démarre une leçon, pose une question. Une petite fille lève le doigt : « Oui Yasmina ? », Yasmina répond à côté, l'instit s'approche et la soulève par le nez. Pendant l'heure suivante, l'instit rit seule en sautant sur un pied puis attache tous les élèves à leurs chaises avec du chatterton. Ensuite, elle s'assoit, prend un livre et le lit en entier, ce qui prend la journée.

À 16 h 25, elle détache tout le monde, les prévient fermement de ne parler de ce qui se passe dans cette classe à personne, sous peine de mort. La moitié de la classe a les sphincters qui lâchent, l'autre développe un traumatisme indélébile, certains bégaient, d'autres louchent, ce qui fait qu'un jour tout le monde s'accorde à trouver ça étrange. Finalement, les pratiques de l'institutrice sont désapprouvées par la direction qui prend une sanction très violente. L'instit est mutée. Elle ira traumatiser ailleurs si elle y est.

Et puis, très vite c'est le collège, 6e, 5e, 4e, 3e. Dans les collèges des cités, quand vient le moment de s'orienter, on leur envoie des courtiers en orientation, des gens qui font des promos avant fermeture, du BEP coiffure comme s'il en pleuvait. Dès l'instant où tu es une fille, que tu as des cheveux, le BEP il est pour toi en plus y'a vachement de débouchés et le tout pour pas cher. Ça ne t'intéresse pas la coiffure ? C'est pas grave vas-y quand même, ça va déchirer grave en termes d'ambiance. Finalement, Geneviève parvient à atteindre le lycée sans passer par la case brushing. 2nde, 1re et c'est l'année du bac. Monsieur Champagne entre dans la salle de classe, pas encore Christian tout court mais déjà dépressif. Peut-être depuis toujours, depuis qu'il est né. La dépression, ça vient peut-être avec l'accouchement, quand on est obligé d'aller voir ailleurs si on y est. Le principe est là, faire le deuil de ces moments entre soi. L'homme est un animal dépressionnaire. Elle pousse pour qu'il sorte, il s'accroche aux parois, mais ça glisse, ça n'est pas prévu, on ne refuse pas d'être chassé du paradis, on se résigne, on sort de soi pour être au monde et puis on oublie. Dans le cas de Monsieur Champagne, ça commence avant, avec les premières cellules, quand sa mère, sourde, rencontre son père, qui n'allait pas tarder à entrer dans sa propre zone dépressionnaire. Un spermatozoïde prédépressif en train de taper le bout de gras avec un ovule sourd.

Monsieur Champagne n'aurait techniquement pas dû naître. C'est sûr. Qu'est-ce qui avait poussé les spermatozoïdes de son père à aller de l'avant plutôt que de rebrousser chemin, se poser un peu, s'en rouler une, bien la tasser, se la fumer tranquille sur le chemin du retour et passer prendre un pot chez un ami qui habite près du col de l'utérus ? En tout cas, réfléchissant à tout ça quelques années plus tard, dans son lit moyenâgeux, Monsieur Champagne regrette bien d'avoir été prof de philo. Pas à cause de la matière en soi mais parce que les profs de philo sont obligés d'avoir des dépressions beaucoup plus extraverties que les autres. Du coup, quand on s'aperçoit qu'il y a un problème, il est un peu tard. Monsieur Champagne eût été prof d'autre chose, les événements n'auraient peut-être pas pris cette tournure. Le prof d'allemand, par exemple, n'est pas tenu d'illuminer sa dépression comme une guirlande pour qu'on vienne l'aider. On n'attend pas de lui qu'il soit celui qui met des pattes d'ef et s'épile le maillot en cours, non, c'est sûr. Donc, dès que le prof d'allemand commence à montrer des prémices de signes, on intervient, on suggère une cure de repos, des bonnes vacances pour faire le point et nous revenir en pleine forme dans quelques mois, prenez le temps qu'il faudra. Chez les profs de philo, la dépression a tendance à passer inaperçue. C'est simple, quand un prof de maths vous parle du théorème de Pythagore avec un slip sur la tête, vous comprenez que ça ne va pas fort. Quand il s'agit de philo, c'est plus compliqué. Le slip sur la tête peut parfaitement être pris pour une interprétation imagée de l'*Esthétique* de Hegel. Du coup, on repousse les limites et on commence à s'inquiéter vaguement quand le prof, en plein milieu d'une explication pointue de *La République* de Platon, prend sur lui de sortir son sexe de son logement et de le pétrir au rouleau à pâtisserie avec la concentration que l'on accorde généralement à la pâte feuilletée. C'est sûr, Monsieur Champagne regrette d'avoir choisi la philo. C'est le Moyen Âge qui l'a sauvé. La philo, elle, a failli l'avoir. Pourtant, des signes avant-coureurs, il y en avait eu. Par exemple, une fois, Monsieur Champagne se rappelle avoir loupé sa station, trop concentré sur la petite note collée au-dessus de lui, une étiquette qui se trouve dans les wagons du métro depuis la nuit des temps et qui précise dans quel ordre de priorité on doit s'asseoir. D'abord les mutilés de guerre, puis les infirmes en tout genre, les femmes enceintes et enfin les personnes âgées de plus de soixante-quinze ans. Monsieur Champagne se demandait alors très sérieusement qui était à l'origine de cette classification. Il s'interrogeait, il en parlait autour de lui, personne ne trouvait ça étrange.

Lui il disait : Comment être sûr qu'un infirme a plus besoin de s'asseoir qu'une personne de plus de soixante-quinze ans ? Est-ce qu'un infirme de soixante-seize ans est d'abord un vieux ou d'abord un infirme ? Est-ce que la personne responsable du règlement a cette fonction, unique dans l'administration : évaluer qui a le plus besoin de s'asseoir ? Est-ce que c'est un scientifique ? Dans les labos, y a-t-il un échantillon de chaque catégorie : un mutilé de guerre, un infirme, une femme enceinte, une personne de plus de soixante-quinze ans ? On leur demande de se mettre debout, le premier qui tombe prendra la première place dans le classement.

S'il avait été recenseur de handicaps justifiant une place prioritaire dans le métro, probablement que la maladie de Monsieur Champagne aurait été prise à temps. Un jour, il serait arrivé avec sa petite sacoche vissée sur l'épaule, il aurait sorti son Bic cinq couleurs, il aurait écrit toute la matinée, très concentré. Il aurait fait quelques photocopies bien contrastées et, un jour, en prenant le métro, on aurait découvert que, désormais, les places prioritaires iraient, dans l'ordre, aux femmes souffrant de rhinite allergique, aux hommes qui puent des pieds même dans des sandales, aux chiens pétomanes, aux gens qui chantent comme des merdes, à ceux qui ont des pellicules de plus de 5 mm de diamètre.

Ce qui devait arriver arriva, le 5 février Geneviève découvrit sur le tableau des absences que Monsieur Champagne ne serait pas là pendant une durée indéterminée et qu'on ne le remplacerait pas avant le mois de mai, ce qui leur laisserait un mois pour savoir en quoi consiste la philo et apprendre l'attitude à adopter face à un sujet du type : « Certains sont pour, d'autres contre. Qui a raison ? » Bien sûr, si le remplaçant de Monsieur Champagne décidait finalement de ne pas venir en mai, préférant donner sa démission plutôt que d'enseigner en ZEP, eh bien Geneviève et ses camarades foireraient totalement l'épreuve coeff. 5 et redoubleraient. En même temps il serait mal venu de se plaindre, après tout on leur avait bien dit que le BEP était plus à leur portée.

Le 5 février, Monsieur Champagne est arrivé à sa station de métro à 8 h 04, comme tous les jours. À 8 h 07, après une course brève et précise, il a pris une impulsion pied droit, genoux fléchis et s'est élancé. À 8 h 08, il est retombé sur les rails au moment même où on annonçait aux voyageurs que le trafic était interrompu pour cause de panne dans le circuit. Alors, plus rien, pas les gens qui disent oooohhh, pas les freins du métro qui crissent trop tard, pas son corps éparpillé aux quatre coins. Non. Quand il se jette sous un métro, il n'y a pas de métro pour lui passer dessus. Le saut et puis le choc contre les rails, les gens qui désertent le quai à tâtons, le monde qui s'en fout et Monsieur Champagne qui s'égratigne l'arcade sourcilière et se fait une entorse de la cheville gauche. Alors, il s'extirpa tant bien que mal des rails, remonta à la surface. Il se sentait un peu comme un joueur de rugby ivre qui traverserait le terrain, marquerait contre son camp et s'en rendrait compte au moment où il meurt d'une crise cardiaque devant le camp adverse. Tout était ridicule, dérisoire, en plus, on lui avait volé sa sacoche. À 8 h 18, Monsieur Champagne sut qu'il allait changer de vie, que la philo c'était fini. Il sut qu'il ne reverrait plus ses collègues, ses élèves, sa famille.

Ce jour-là, il cessa d'être Monsieur Champagne et devint Christian, il cessa d'être le père de sa fille, il reprit tout à zéro. De toute façon, ses meilleurs souvenirs de père sont ceux où sa fille dormait, des souvenirs compris entre minuit et 3 heures du matin. C'est sûr. Après, il divorça, il la vit moins, un week-end sur deux, la moitié des vacances. Il s'éloigna doucement et lui ça lui allait, la petite ressemble à sa mère. À tout prendre il préférait être père un moment sur deux, une moitié de père. Il n'était pas fait pour tout ça, c'est sûr. Cette exigence de chaque instant. La petite était un tyran, certaine d'être à sa place, elle réclamait allégeance. Elle disait, je veux, elle disait, je suis, elle était indubitablement le centre du monde. Elle ordonnait, elle tempêtait, elle disait c'est comme ça et pas autrement. Monsieur Champagne ne s'aimait pas assez pour aimer sa fille, ç'aurait été s'aimer deux fois, une c'était déjà trop. À six ans, personne ne sait pourquoi, la petite s'était prise de passion pour la natation synchronisée. C'est à ce moment-là que Monsieur Champagne avait précisément compris que les six années relativement paisibles qu'il lui avait été donné de vivre n'étaient qu'une maigre compensation au regard de ce qui l'attendait. Au début, la natation synchronisée n'avait eu qu'une influence minime dans son emploi du temps : accompagner la petite à son cours du jeudi soir, revenir la chercher et, quelquefois, discuter avec une brune à queue-de-cheval, très enthousiaste. La petite avait des dispositions lui disait la brune, un très joli port de tête, une magnifique assise cervicale, un superbe écart facial.

— Fantastique ! disait la brune.

Fantastique. Après, la vie fut natation synchronisée, plus seulement le jeudi, il fallut y aller le samedi, le dimanche. L'entraînement, les compétitions, les classements, le stress, la mère de la petite qui le regardait depuis l'autre bout des gradins. L'odeur de chlore, l'humidité. On appelait la petite, elle arrivait avec son chignon, son maquillage waterproof. Le sourire, les narines compressées à mort par le pince-nez. Toujours sourire, même avec huit litres d'eau javellisée dans les yeux, toujours sourire, même la tête en bas et les jambes qui moulinent en haut, qui font des ronds, des triangles isocèles, des tétraèdres, des parallélépipèdes rectangles. À une, à deux, à dix. Faire des figures géométriques avec leurs bras et leurs jambes entremêlés. Une pieuvre souriante. Des mouvements mécaniques. Rester dix minutes sous l'eau, remonter au bord de l'asphyxie. Toujours sourire. C'était probablement trop, ce sourire pincé. C'est sûr. Monsieur Champagne était mort le 5 février, mais personne n'était au courant, il n'avait envoyé de faire-part ni à sa famille, ni à ses collègues, ni à ses élèves.

Pour Geneviève, les choses se compliquent un peu à partir de cette date mais, finalement, en juin, elle passe un bac qui n'engage à rien. Là où elle habite, ils sont plusieurs à l'avoir, certains avec mention, on est contents. La voisine du dessous est un peu plus grande aujourd'hui, plus droite, c'est la fierté. Elle, elle n'en a pas fait d'études, elle a dû travailler, de son temps, ça se faisait pas trop d'étudier. Elle est fière, ses enfants se déclassent par le haut comme on dit. Ils représentent. Ils font ce que leurs parents n'ont pas fait, c'est exaltant et effrayant, qu'est-ce qu'ils vont trouver là-haut ? Dans déclassement, il y a un peu détachement aussi. Alors, c'est normal, certains sentent poindre la honte, la honte d'avoir vécu parmi ces petites gens qui les ont fait grandir. Ces petites gens qui s'inclinent devant les diplômes, ceux qui pensent : Un énarque, ça ne peut pas mentir, ceux qui pensent : S'ils le disent c'est que c'est vrai. Le respect toujours face au bout de papier. Le déclassé monte et préfère oublier qu'on lui a fait la courte échelle. Mes parents ? Oh, je les vois peu finalement.

Geneviève, elle, part chaque jour dans une grande école, bien comme il faut, peuplée de bêtes à concours. Ils lisent huit cent soixante-seize livres par jour, du Kant non traduit, du Platon en grec ancien. Ils se battent comme des malades pour pouvoir s'asseoir au premier rang. Geneviève n'a jamais pensé assister un jour à ce genre d'émeutes. D'où elle vient, c'est totalement l'inverse qui se produit. On se bat pour aller au fond, comme dans le bus quand on part en colo, le premier qui monte réserve la banquette arrière. L'histoire sociale est là.

Dans sa grande école, chacun met un point d'honneur à ne pas dormir pour pouvoir travailler plus. Elle les reconnaît facilement les gens de son école, ils ont le teint verdâtre, les dents qui se déchaussent, ils n'ont pas vu un lit ni la lumière du jour depuis cinq, dix, quinze ans parfois.

À la cantine, Geneviève est souvent totalement seule, et console tant bien que mal le cuisinier qui prend cette désertion pour une attaque personnelle. Mais non Jean-Mi, c'est pas contre toi. Dans cette école, manger c'est perdre du temps, dormir c'est perdre du temps, vivre c'est perdre du temps. Parfois, en milieu de cours, quelqu'un tombe, c'est l'automne. On le ramasse et on lui suggère de manger. Dans ces moments-là, Geneviève n'est plus seule à la cantine. Souvent la personne lit, écrit sa dissert et mange en même temps, ce qui épargne à Geneviève de discuter en latin avec une fille ou un garçon souffrant de malnutrition. Il arrive cependant qu'une élève vienne s'asseoir en face d'elle :

— Salut, Marie-Flavine.

La fille lui tend la main.

— Euh, Geneviève.

— « Le monde était plein et Geneviève courait dans l'onde vibrionnante et crépusculaire », c'est de Schopenhauer, tu connais ?

— De nom.

— « Le nom de l'être vaut pour celui qui naît quant à celui qui part, pourquoi pas ? », Baudelaire.

— Euh, ah oui.

— « Ah, oui, peut-être, non je meure et tu demeures », Montherlant.

En général, à ce moment précis, Geneviève prend l'option d'ingérer l'ensemble de son plateau en moins de *5* secondes et part en courant.

Chaque jour, elle fait le grand écart entre l'élite et la France d'en dessous, la France de la soute. L'élite croit tout devoir à son simple mérite. L'élite d'aujourd'hui n'est pas l'élite d'hier. L'aristocratie n'est pas la bourgeoisie. L'aristocratie existait par l'affirmation de sa différence, la bourgeoisie sur sa négation pure et simple. Le credo de l'élite d'hier était : On n'a que ce qu'on naît. Celui d'aujourd'hui c'est : Celui qui ne réussit pas, c'est celui qui ne veut pas réussir. L'idée d'une égalité parfaite et systématique qui met tout le monde sur le même plan. Du reste, la bourgeoisie s'accorde à dire qu'elle n'existe pas. Comme la poutre qu'on a dans l'œil, elle ne peut se voir que de l'extérieur, seuls ceux qui n'y sont pas savent qu'elle existe. C'est ce que se disait Geneviève en observant une salle à manger d'élite pendant qu'une fille aux dents déchaussées perd au Trivial Pursuit et le vit supermal. Il est 23 heures, quelqu'un dit :

— Tiens, on n'a qu'à faire un jeu.

— Question qui compte pour un camembert. Quel est le nom de l'œuvre d'Émile Zola ?

— Laissez-moi je vais trouver. Non ne me dites rien. Oh mais je le sais.

— Bon, bah tu sais pas.

— Si je sais.

— Non.

Marie-Hermine s'affale sur le plateau du Trivial et pleure sans discontinuer pendant une heure. La soirée est définitivement foutue.

Geneviève reprend le RER, elle part en zone libre ou occupée, c'est selon les points de vue. Elle prend le courrier et monte les cent cinquante marches qui la séparent de chez elle puisque l'ascenseur est en panne. Une moisson de lettres, des gens qui attendent qu'on leur dise quoi faire, qui comptent sur les conseils avisés de la psychologue de papier. Avec sa mère, elles les décachettent, les ordonnent. Les problèmes familiaux dans un coin, les maladies graves dans un autre, les obsédés sexuels, les obsédés sexuels avec accessoires joints (slips, préservatifs, poils de torse...), les factures. Puis, ça repart, le RER, le retour en zone élitaire, la cantine, les neurones qui tentent d'être à la hauteur du programme, les élèves qui craquent et partent en cure de sommeil, ceux qui arrêtent et le vivent bien, ceux qui restent et le vivent mal, retour en banlieue, le courrier, les cent cinquante marches, ouvrir la porte, retrouver le nid, la mère, regarder pousser la cité, regarder tomber les écoliers dans des CES, des CLIS, des CPPN, des SEGPA et puis repartir éliter un peu en attendant de voir. Alimenter la pompe pour que ça continue comme ça, faire semblant de ne pas remarquer les signes qui disent que c'est bientôt terminé. La mère de Geneviève, parfois, ne se souvient plus du pourquoi des choses, parfois elle ne sait plus qui elle est, ni pourquoi elle se tient au milieu de son salon une casserole à la main. Trois fois rien, ça dure l'espace d'une seconde. Elle se reprend et elles en rient. Et puis, un jour, Madame Alzheimer prend les rênes et Geneviève reprend l'entreprise familiale à mi-temps pour faire le lien les jours où sa mère s'absente d'elle-même. Geneviève devient psychologue de papier à son tour, assurant l'intérim en attendant des jours meilleurs qui ne viendront pas. Est-ce au moment où Paul et Christian quittent définitivement le Moyen Âge ? Il me semble que les dates concordent. Geneviève devient psychologue de papier à l'époque où Paul s'associe à Christian pour créer des guides touristiques.

## Chapitre 11

### *Un con, c'est quelqu'un qui fait tout pour qu'on ne l'oublie pas*

— MORTE, morte, morte, mooorrrttte, ma mère est morte !

Le jour où Paul apprit que sa mère venait de mourir, il était coincé au cœur de l'Amérique profonde, au milieu d'un bal texan. Face à lui, une cow-girl au bout du rouleau entamait son cinquième litre de bière en lui jetant des regards humainement difficiles à supporter pour qui n'est pas du coin. D'un coup, elle se lève, retire ses bottes et les lui tend. Lui les repousse gentiment, d'autant que les santiags, on a beau dire, ça ne va pas avec tout. Là, toute la salle se fige, consternée par l'affront parce que, enfin, et ça Paul devait le découvrir plus tard, une femme qui tend ses bottes, ça ne se refuse pas, ça s'épouse. Bon, là son téléphone sonne et Christian lui dit : Voilà Paul, ta mère est morte. Paul dit : Mon frère est au courant ? Christian lui dit : Oui oui, viens vite. Paul part en courant. La dernière image qu'il emporte, c'est celle de la femme texane qui vomit dans sa botte gauche et lui balance la droite en pleine tête.

— Morte, morte, morte, mooorrrttte, ma mère est morte

Il se le répète pendant tout le voyage du retour, il s'offre même une petite coupe de champagne pour fêter ça. Sur le siège d'à côté, Fabienne Gicque rentre d'une croisière organisée par le comité d'entreprise de la société qui l'emploie. Fabienne écrit une lettre qu'elle postera dès son arrivée, comme ça, ça partira par le courrier du soir et elle aura une réponse en début de semaine prochaine, peut-être. Fabienne écrit parce qu'elle n'est pas bien, fortement décontenancée par le type du siège d'à côté qui ronfle et boit depuis le début du vol sans jamais avoir posé les yeux sur elle une seule fois, alors qu'elle porte sa fameuse robe échancrée. Fabienne appartient à cette moitié de l'humanité qui ferait n'importe quoi pour qu'on la remarque, pour qu'on pense à elle.

Ici comme partout dans le monde, des gens, des millions, des centaines de millions même, font tout ce qui est en leur pouvoir pour qu'on ne les oublie pas. Ils font des enfants, ils font tueur de président, empêcheur de tueur de président, ils deviennent rock star et se vêtent de tenues en latex qui font des irritations aux coutures, ils racontent leur vie sexuelle, ou leur non-vie sexuelle, ils accouchent à soixante-six ans sans péridurale, s'auto-injectent des anesthésiants alors qu'ils n'en ont même pas besoin, ils appellent leurs enfants String-Évelyne ou Pierre-Mycose, ils parlent fort au restaurant, disent des blagues à la cantine. Face à eux, une autre moitié donnerait tout pour qu'on lui foute la paix.

L'humanité ne poursuit pas une route linéaire et dynamique, elle sursaute et trébuche, tiraillée entre ces deux forces. Les uns disent : « Aime-moi », les autres : « Tu peux m'lâcher s'il te plaît. » Les uns tentent de fuir alors que les autres sont agrippés à leur mollet. C'est de la rencontre de ces deux pôles que sont nées un certain nombre d'expressions qui témoignent d'une incompréhension totale ; expressions au nombre desquelles on peut ranger : « T'es con ou t'as une maladie ? » Un con, c'est quelqu'un qui fait tout pour qu'on ne l'oublie pas mais c'est plus court de dire : « Quel con. » Depuis toujours, les deux moitiés cohabitent plus ou moins harmonieusement, deux parties qui, comme les compétiteurs des concours de danse de salon, s'élancent l'une vers l'autre, se sautent dessus, s'encastrent, se désemboîtent, se coup-de-boulisent, s'éclatent la rotule à l'infini, s'empoignent les omoplates et les relâchent pour venir rebondir un peu plus loin, un pas de deux. Depuis toujours, malgré le progrès, la pénicilline, les satellites, deux pôles se font face, les deux côtés de la condition humaine. Pile et face. Certains sont naturellement d'un côté ou de l'autre et s'y tiendront toute leur vie. Certains passeront un jour dans l'autre camp. C'est ce mouvement des parties qui assure l'équilibre de l'ensemble.

Certaines fois, tout un peuple aimerait qu'on l'oublie, développant un léger a priori quant à ce que la vie pourrait bien lui apprendre de plus, une méfiance. La comptabilité de l'autre camp passe au rouge. Certaines fois, l'Oncle Ben's aimerait pouvoir bouffer du riz en paix sans devoir s'esclaffer à chaque bouchée. Regardant ces corps, des blancs, des noirs, des rouges, des jaunes, des stein, des kian, des chang... Ces carcasses violacées qui sèchent au soleil, qui s'entassent dans des camps enneigés, s'étalent au bord de routes défoncées, comme des bornes qui ne conduiraient nulle part. Certaines fois, un peuple tout entier en vient à douter du sens profond de l'existence et réclame un peu de vacances, quoi, trois fois rien. L'histoire de l'humanité, une chaîne de bruit et de silence, de lumière et d'obscurité, des gens qu'on voit et des gens qu'on ne voit pas.

Celui qui invente le caméscope par exemple, un jour, tout seul, il soude un circuit et hop une image. Cet homme, on ne l'appelle pas, il n'a pas de nom, peut-être Toshiba. Il est un maillon silencieux. À l'autre bout de la chaîne, un type fait des projections à n'en plus finir de moments inoubliables qui font chier tout le monde. Il filme sa famille, les poursuit jusque dans leur lit pour trouver la meilleure image, la plus inoubliable. Mais une image inoubliable, ça n'existe pas, il n'y a que les moments qu'on n'oublie pas. Du bruit et du silence autour d'un appareil. Il y a aussi l'histoire de cet autre qu'on ne connaît pas, homme ou femme, assis derrière un petit bureau, concentré. À la télé, un avion vient d'entrer dans une tour et puis un deuxième, comme ça, sans prévenir personne. Lui, cet autre, il regarde et il réfléchit. Dans une semaine, on entendra les premières blagues sur Ben Laden, dans deux semaines sur les Afghans, les mêmes, partout dans le monde, le bouche à oreille, le e-mail à e-mail, les mêmes blagues anonymes. C'est lui, cet autre qui les écrit dans son petit bureau, il ne les signe pas, il les envoie, maillon silencieux. Elles circulent, c'est un autre qui les dit pour faire son intéressant à la fin d'un repas. À la télé, à la radio, dans les journaux, elles circulent. Tu ne connais pas la dernière ? C'est Untel qui me l'a racontée. Du bruit et du silence, des gens qu'on voit, d'autres qu'on ne voit pas, ainsi va le monde. Fabienne Gicque ne veut pas être quelqu'un qu'on ne voit pas, un maillon silencieux, anonyme, qui œuvre dans l'obscurité, ça lui est insupportable. Fabienne Gicque veut qu'on l'écoute, qu'on la lise, qu'on la voie, alors elle écrit des lettres et attend qu'elles paraissent dans les journaux où œuvrent les psychologues de papier. Fabienne Gicque ne veut pas rentrer seule dans l'appartement très calme qu'elle loue à deux pas de la maison de retraite où vit sa mère. Elle se penche sur Paul, son voisin endormi et l'embrasse, histoire de voir si d'aussi près il pourra faire comme s'il ne la voyait pas. La réponse est non, il ne peut pas. Il lui dit : Vous ne voudriez pas rester avec moi, ma mère est morte et vous ne lui ressemblez pas du tout. Bon, l'entrée en matière est étrange, mais Fabienne dit oui, même si l'homme à qui elle répond s'est déjà rendormi.

À l'aéroport, un type chauve attend Paul avec une pancarte qui porte son nom : Paul Granceille écrit en gros au feutre bleu. Le type chauve est un flic qui ne parle pas, écrire au feutre bleu est la chose la plus expressive qu'il puisse faire. Pas bavard, pense Paul en retenant un rot de champagne et en se demandant qui est cette femme qui le suit depuis l'avion. Dans la voiture, il somnole, pensant à son frère, peut-être encore dans un train, quelque part entre ici et le Moyen Âge, assis bien droit dans un costume trop court en fibres naturelles qui grattent. Mais le frère de Paul n'est pas dans un train, il a fini par réaliser son rêve. Elle ne pourra plus l'atteindre avec ses phrases chirurgicales, ses répliques qui explosent aux endroits stratégiques, ses coups qui ne tuent pas mais ne rendent pas plus fort. Il n'est plus au Moyen Âge, il est dans l'appartement parisien de sa mère et elle est là, étendue, étranglée. Pas un souvenir. Pas un remords. Tout ça ne lui fait rien. Après, on lui parle lentement, très doucement pour qu'il la lâche, on lui parle de choses sans intérêt pour qu'il desserre l'étreinte. Après on le saisit, on le transfère, on lui demande son nom, son âge. Après, son frère, Paul, arrive, accompagné d'un type chauve et d'une femme avec une robe échancrée. Paul regarde tout ça, les bulles de champagne remontent. Son frère est revenu du Moyen Âge pour tuer sa mère, à moins que ça ne soit sa mère qui ait tué son frère. C'est bien possible, tout est possible. On ne gagne pas avec ce genre de femme, elles vous tiennent une fois pour toutes, elles vous tiennent par cet amour qu'elles ne vous donnent pas, elles vous tiennent par cette haine qu'elles vous inspirent. La haine, ça s'inspire, profondément, dans les poumons, dans le sang et jusqu'au cœur. La haine, ça ne s'expire pas, ça asphyxie un peu chaque jour. Un frère qu'on dit fou, une mère qu'on dit morte, et Paul au milieu. Ni fou ni mort ? Pas mort en tout cas, dit Paul au type en face de lui dans la glace des toilettes du commissariat. Fou peut-être, se dit-il en s'observant pour voir si ça se devine, s'il aurait pu s'en douter, s'il a l'œil dilaté, la paupière qui crépite.

Qu'est-ce qu'il va faire maintenant ? La femme à la robe échancrée, qui le suit partout, dit : On va rentrer chez nous et je vais te faire couler un bain. Il la suit. Il devient l'ami de Fabienne Gicque, son compagnon, son concubin. Toujours difficile de le présenter. Tiens, Martine, je te présente Paul, mon ami, mon concubin, enfin mon mec quoi. Lui, il hoche la tête pour confirmer et il fonce au bar pour n'en décoller que lorsque Fabienne, son amie, sa compagne, sa concubine dit : Bon, merci pour tout, Martine, on va y aller. Au début Fabienne Gicque est contente de tout ça, et puis, finalement, elle est un peu déçue par son nouveau compagnon, concubin, ami. Elle trouve qu'il n'est pas vraiment à la hauteur et qu'il boit beaucoup. Elle écrit donc pour faire entendre sa frustration. Elle écrit et aujourd'hui encore Geneviève se souvient très précisément de la prose de Fabienne qui, du point de vue du style, n'était pourtant pas vraiment remarquable.

*Chère Paulette, Lucienne, Cigismonde (je ne sais plus très bien),*

*Je m'appelle Fabienne qui est un prénom que tout le monde trouve original et sexy. J'ai trente-cinq ans ce qui est fantastique. L'ensemble de mes collègues me trouve géniale, j'ai des idées super, des jambes fuselées beaucoup plus grandes que la normale, des seins ultra-toniques, des cheveux qui font plein de mouvements quand je bouge la tête, un salaire énorme. Néanmoins je n'ai pas d'amis. Qu'en pensez-vous ?*

À quoi la mère de Geneviève répondit très simplement :

*Chère Fabienne,*

*J'ai bien reçu votre lettre et, autant vous le dire tout de suite, ma p'tite cocotte, je m'en tape le slip.*

*Amitiés.*

*Paulette, Lucienne, Cigismonde (comme ça vous arrange).*

Ce jour-là, Geneviève sut qu'Alzheimer avait pris ses quartiers, que sa mère serait sa nouvelle dame de compagnie. Que certains jours, sa mère ne la reconnaîtrait pas, qu'elle regarderait parfois les hommes avec un sourire espiègle et des yeux égrillards, qu'elle dirait pute pour dire bonjour et vieille merde pour dire je t'aime. Et qu'un jour elle ne dirait plus rien parce que les mots s'en seraient allés. Alzheimer c'est un autre pays, c'est un voyage sans dictionnaire bilingue, tout est à inventer.

— Mon nom c'est Alzheimer mais appelez-moi Madame Al, entre nous on peut se le permettre, n'est-ce pas ?

Madame Al, au premier abord, est une personne fort vieille qui exige une promenade tous les jours. Au début, trois fois rien, quelques pas et on rentre, vous savez mes jambes ne me porteront pas plus loin. On la croit. Et puis le parcours s'allonge, Madame Al devient plus solide, ses pas s'affermissent à mesure que l'on quitte la maison, à présent c'est elle qui vous tire, mais si, venez, il fait si bon dehors. Hors de vous-même.

Un jour, on se retourne et la maison n'est plus qu'un point minuscule. On lui dit, je préférerais rentrer Madame Al, j'ai un peu froid. Elle ne vous entend pas. Hors de sa propre mémoire, on devient un autre et Madame Al finit par être le seul visage familier, alors va pour ça. On emménage chez elle, après tout, c'est pas si mal chez elle, y'a des amis d'enfance, des vieilles tantes qu'on n'a pas vues depuis très longtemps, l'institutrice du village où l'on est né. C'est pas mal finalement. Hors de sa propre mémoire, on est une carte presque vierge avec quelques données anciennes qui sont restées imprimées, un peu par mégarde. Madame Al est l'informaticien qui réinitialise les cartes mères. Voulez-vous réinitialiser le document ? Oui, non, annuler. Madame Al appuie sur oui, Geneviève arrive devant l'ordinateur, elle n'y connaît rien et appuie sur tous les boutons, espérant annuler l'ordre. Madame Al la regarde en fumant sa clope, en se massant les épaules, en s'étirant, prenant une pause avant de se remettre au boulot, c'est crevant de rester des journées entières devant l'ordinateur. Madame Al a hâte de passer aux trente-cinq heures, mais elle a bon espoir, elle a eu la grand-mère de Geneviève, elle aura la mère. Après tout, la mère de Geneviève est l'héritière. La famille de Geneviève, une famille à trous. Les cellules en fuite, une guerre de tranchées, obligée d'empiler les souvenirs de plus en plus haut pour ne pas qu'ils prennent l'eau. La mère de Geneviève s'éveille parfois avec l'impression de devoir remonter à mains nues une pente savonneuse. Souvent, Geneviève la récupère dans les endroits où elle s'est échouée. Un peu comme aujourd'hui, où elle s'est perdue au milieu du salon de Paul. Un salon rose bonbon, tapissé avec soin par Fabienne qui, depuis, a migré dans le Sud-Ouest, amoureuse d'un fabricant de foie gras rencontré grâce au courrier des lecteurs. Fabienne s'en est allée, laissant là son F2, et Paul, qui a toujours apprécié l'endroit pour son calme : l'immeuble est à deux pas d'une maison de retraite. Celle où feu la mère de Fabienne avait résidé pendant des années avant de mourir, quelques mois plus tôt, décimée par une moule pas fraîche parvenue accidentellement dans la paella de la soirée Espagne senior.

## Chapitre 12

### *Mais trente ans qu'est-ce que c'est ?*

MAINTENANT l'histoire de Paul et Geneviève commence ou se termine, c'est selon.

Aujourd'hui est la sixième rencontre, la fin du cycle, et Geneviève est sur le trottoir, face à la maison de retraite où vit sa mère. Elle l'a reconduite à sa chambre et à présent elle va rentrer chez elle parce que, même si, quand elle pense à Paul, elle a envie de jouer des airs niais au triangle, Geneviève doit continuer comme si de rien n'était, comme si aujourd'hui était un jour comme les autres. Bien sûr, Geneviève n'oublie pas qu'aujourd'hui elle a trente ans. Mais trente ans qu'est-ce que c'est ?

Si Geneviève avait seize ans, les choses seraient plus évidentes : elle ferait une boum. Elle mettrait des chaises dans une salle prêtée par la mairie. Au moment de danser, on s'apercevrait qu'il manque une rallonge. Finalement, après trois heures de recherche, on trouverait la prise de terre. La musique exploserait les enceintes, mais personne ne danserait parce que bon, j'préfère pas tellement que tout le monde me regarde. Si Geneviève avait seize ans, les garçons iraient en cachette se déchirer à la Tourtel. Une copine de sa meilleure amie viendrait tout le temps lui demander un disque qu'elle n'aurait pas. Et finalement, quand Geneviève l'aurait trouvé, la fille ne danserait pas plus. Si Geneviève avait seize ans, elle passerait le reste de la soirée à parler avec des gens, qui, comme elle, sont contre la guerre, les maladies. Elle aurait le corps en éruption, la voix qui mue. Elle écouterait des chansons qui vont loin sur le plan du sens. Elle claquerait les portes pour exprimer des désaccords violents. Elle penserait que les adultes ne la comprennent pas et que fait chier la vie. Elle serait en conflit ouvert avec ses parents qui ne voudraient pas qu'elle se fasse un piercing à l'arcade. Elle serait éperdument amoureuse du type que tout le monde s'arrache, un objet blindé de boutons qui contrôle sa voix une fois sur deux et ne se lave qu'exceptionnellement. Si Geneviève avait seize ans, elle vivrait sur un grand huit, passant d'une émotion extrême à une autre, de la haine à l'amour, comme ça. Elle enverrait des SMS à base de chiffres : 3 768 824, à des amis qui lui répondraient : G bien U ton 8 224 751. Des journées à taper frénétiquement sur des touches, tant de choses à se dire qui ne peuvent attendre le lendemain.

Seize ans c'est simple, c'est concret. Trente ans c'est plus compliqué, ça n'existe pas. On ne sait rien des trentenaires sauf qu'ils n'ont ni vingt ans ni quarante ans. Aujourd'hui, à trente ans, on en a ras le bol de son boulot, on voudrait profiter de l'existence, être à la retraite, être rentier. Pas parce qu'on ne veut pas travailler, mais parce que la vie nous attend au tournant. C'est la conscience de l'immatérialité du danger qui rend prudent. Ni insouciant ni responsable. Sans détermination précise, qu'est-ce qui prouve votre existence ? Reste à se retirer. Rébellion inactive. Le trentenaire n'en peut plus de ne rien pouvoir puisque le monde est comme il devrait être. La démocratie est le moins pire des régimes, le capitalisme le moins pire des systèmes.

Aujourd'hui, avoir trente ans, c'est être né au point d'équilibre, au moment où il est admis qu'il ne sert plus à rien de toucher à ce qui est déjà. Tout ce qui existe, existe au mieux de ce qu'il peut être, on ne peut rien faire autrement. Le trentenaire est au centre et il ne se passe rien au centre mais c'est parce qu'il y a un centre que tout se passe. Trente ans ça n'est pas un âge, c'est une transition. Que peut-on attendre d'un trentenaire ? Des mots en ion : dépression, procréation. Destruction ou reproduction, le trentenaire s'annule ou se démultiplie. Hors de lui, le salut.

Du coup, Geneviève préfère travailler sans penser à rien de spécial. Aujourd'hui Geneviève a trente ans et elle travaille car il faut bien vivre. Vivre sans argent, c'est vivre d'amour et d'eau fraîche. Seulement, question amour, disons que, d'un côté, Geneviève vient de rencontrer Paul qui ne reviendra pas avant deux mois et que, de l'autre, elle a été récemment quittée par son ex-petit ami. L'ex-petit ami de Geneviève a pris sur lui de partir avec une bonne partie du mobilier, parce que, justement, il aime trop Geneviève et qu'en plus c'est une fille formidable et qu'il ne mérite pas son amour car elle est trop bien pour lui. Il a préféré partir loin d'elle, dans le Sud. Probablement avec une jeune femme dont Geneviève présuppose qu'elle n'est pas une fille formidable et mérite par conséquent l'amour de son ex-petit ami et ses meubles à elle par la même occasion. Bon, tout ça pour dire que dans le cas de Geneviève, vivre sans argent reviendrait à vivre surtout d'eau fraîche vu que l'amour, c'est pas vraiment ça. Mais quand on connaît l'état de la nappe phréatique et les problèmes d'acheminement d'eau dans certaines régions, mieux vaut encore vivre d'argent que d'eau fraîche. Donc, ce jour-là, Geneviève travaille, seule, devant une table de cuisine baptisée bureau puisque son vrai bureau fera la joie d'une fille pas formidable qui mérite l'amour de son ex-petit ami. Ce jour-là, Geneviève a trente ans et au moins cinquante ans à vivre, assise devant sa table de cuisine pendant que les jours passent, que ses jambes se couvrent de varices, que ses dents tombent et personne pour voir tout ça, car, de toute façon, Geneviève n'a pas d'amis. Non, j'rigole. En fait si, Geneviève a des amis, mais, comme elle, ils travaillent parce qu'il faut bien vivre et aussi à cause de la nappe phréatique. Enfin c'est surtout à cause des porcs en Bretagne qui expulsent des crottes outrancières dans la nappe phréatique, faisant, par voie de conséquence, chier tout un tas de gens qui a priori ne pensaient pas qu'un jour l'étanchement de leur soif dépendrait d'une bestiole rose avec un nez disgracieux.

Ce jour-là, Geneviève a trente ans et ses amis travaillent, mais peut-être que ce soir, ils lui feront une énorme surprise. Tout le monde sera caché dans les rideaux, les housses de couette, le compartiment freezer du frigo et puis, au moment où Geneviève se décidera à se poser un masque antirides et à aller se coucher, ils sortiront en criant : « Surpriiiiise !!! », en l'aspergeant de mousse à raser, en la trempant dans du goudron et des plumes, une soirée supersympa. Ou alors, peut-être qu'un ami proche ou une amie lointaine voudra lui bander les yeux et l'emmener dans un endroit joyeux. Là, un type habillé en pompier lui fera une danse strip-teasante avant de retirer d'un coup sec son pantalon, bourré de scratchs, laissant apparaître un string anciennement pailleté. Le type poursuivra son numéro par un secouage pelvien suivi du clou, le moment où, après avoir tournoyé sur lui-même et fait des pompes sur un doigt, il s'allongera et partira dans une autofellation. Tous les amis applaudiront et Geneviève restera médusée devant le visage violacé du pompier en string en train de s'autoétouffer. Qui sait ? En tout cas, pour l'heure, face à toutes ces lettres qui l'attendent, Geneviève décide de faire une pause et se plonge à nouveau dans les *3 Suisses*. Ce jour-là, tout est à sa place, il y a l'espace, les satellites, les météores, Hubert Reeves. Il y a la terre, 150 243 000 de km², la couche d'ozone, les pesticides, le tri sélectif, le CAC 40. Il y a la France, 60 millions de consommateurs. Et il y a Geneviève trente ans tout juste, qui note les références d'un tire-paupières adhésif antiridules. Il y a l'histoire du monde, le big bang, les guerres, Jésus-Christ, Freud, les drogues dures et il y a l'histoire de Geneviève qui attaque la page 918 des *3 Suisses*, examinant avec intérêt une série de godemichés oblongues et chromés qu'une jeune femme blonde persiste à vouloir s'appliquer sur la joue. Geneviève a trente ans et pense que tout est possible puisque Paul existe.

## Chapitre 13

### *C'est complètement con comme bestiole un castor*

PAUL, dans son taxi, regarde défiler le paysage sans le voir, il souffle un peu de buée sur la vitre et écrit « Geneviève » avec son nez. Il se fait engueuler par le chauffeur qui n'apprécie pas trop qu'on lui dégueulasse ses vitres en faisant des graffitis. Paul, pas fier, se concentre sur les motifs de la banquette arrière. Il suit les rayures psychédéliques du doigt, ça l'occupe. Le chauffeur de taxi voit ça d'un mauvais œil, il n'aime pas trop qu'on salisse ses housses mais bon. Le regard de Paul s'arrête sur un objet coincé entre la banquette et le vide-poches, le manuscrit que lisait la mère de Geneviève, *La Légende des castors*. Sur la couverture, au-dessous du titre, une photo de Geneviève et tout en haut, écrit en italique *Geneviève*. Paul soupire, ouvre et lit :

*On raconte qu'avant, tout n'était pas comme aujourd'hui. Mais qu'est-ce qu'on en sait ? C'était il y a si longtemps. On raconte qu'avant, quand régnaient les hommes, les castors vivaient en tribus, des milliers, des millions de tribus, au Canada et même ailleurs.*

*Quand on appartenait à une tribu, c'était jusqu'à la mort. La vie était simple : couper le bois, faire des barrages, nager, fabriquer une petite maison au bord de l'eau, nager. Et puis quand vient l'hiver, tous rentrer dans la petite maison au bord de l'eau et hiberner jusqu'au printemps où l'on retournera nager et couper du bois. Certains d'entre nous mourront chassés par les hommes. D'autres s'éteindront dans la petite maison au bord de l'eau, au milieu des enfants.*

*C'était il y a longtemps, au temps où régnaient les hommes. Et puis, un jour, un castor qui avait vu le monde, réunit tous les chefs de tribus. Comme la coutume le voulait, chaque chef vint avec un ancien. En ces temps, les castors pensaient que le moderne n'est rien sans l'ancien et vice versa. Le castor qui avait vu le monde, lui, était seul. Il les reçut dans sa maison au bord du lac. Pas une petite cabane comme celles qu'on avait toujours connues avec une porte d'entrée, une porte de sortie, de la place juste ce qu'il faut pour se coucher, tous collés, anciens et nouveau-nés, juste ce qu'il faut pour se tenir chaud et écouter des histoires de barrages, de pins, de peupliers. Des histoires qui font rêver. Non, là, rien à voir. Le castor avait une grande maison avec plusieurs portes et des couloirs qui mènent à d'autres portes. Entre, des pièces de toutes les tailles. Aucun castor ne se souvenait avoir jamais connu de maison comme celle-là. Le castor qui avait vu le monde offrit à chacun des tranches de bois, des bois jamais goûtés, des bois rares qui venaient d'ailleurs, c'était évident. Les anciens regardèrent, mais ne touchèrent pas, sentant que prendre c'était déjà céder. La moitié des chefs s'abstint, l'autre moitié croqua et c'est à ceux-là que s'adressa le castor qui avait vu le monde. Il leur raconta tous ces bois succulents qu'ils ne connaissaient même pas de nom. Il leur montra toutes ces pièces immenses qui n'appartenaient qu'à lui. Il leur parla de pouvoir, de changement, d'une nouvelle ère. « Fini de vouloir être ce que nous sommes, moi depuis quelque temps je commerce avec les hommes, je leur vends du bois et, avec leur argent, je construis et j'achète. » Un ancien dit : « Et à quoi cela te sert ? De n'être pas castor, tu n'en es pas homme pour autant. La vie est-elle mieux depuis que ton bois est argent ? » Un moderne interroge : « Et comment fais-tu pour fournir tout ce bois ? — J'ai des employés », dit le castor qui a vu le monde. Le silence se fait dans la salle. Aucun castor n'a jamais entendu ce mot. « Des employés ? — Oui, des castors, que je paie... »*

Le chauffeur de taxi demande si c'est à Orly Sud ou Orly Ouest ? Paul interrompt sa lecture, il dit que c'est à Orly Sud qu'il veut qu'on l'emmène. Le chauffeur de taxi demande si c'est sûr. Paul dit oui. Bon, le chauffeur tourne à gauche, roule quelques mètres et se gare. Créneau, warning, règlement. Paul est amoureux et ça lui fait perdre ses moyens, il ne trouve plus son portefeuille. Ensuite, il le trouve, mais il le fait tomber et tous les centimes se faufilent sous le tapis de sol à bouclettes mouchetées. Paul ramasse tous les centimes cachés dans les bouclettes mouchetées et le chauffeur s'impatiente. Finalement, le compte est bon. Paul récupère sa valise et s'engouffre dans l'aéroport sans se douter qu'il vient d'oublier quelque chose, une première en plus de dix ans. En temps normal, Paul n'oublie jamais rien, toujours en éveil pour guetter le moment où reviendra la narcolepsie. Mais là, la faute à l'amour, à Geneviève...

Aujourd'hui, deux personnes à deux moments différents ont oublié *La Légende des castors*. C'est marrant, parce que, justement, ce texte est né pour lutter contre l'oubli, contre Madame Al. Geneviève l'a écrit pour sa mère, un petit roman de rien, rédigé après les heures de bureau. Une lettre d'amour de quatre-vingts pages, du joint pour colmater les fuites, retenir les souvenirs. Quatre-vingts pages format A4, de l'encre dessus, des mots, des points, des virgules, des accents. Quatre-vingts pages imprimées à la maison, après deux heures passées à décoincer l'imprimante, quelques bourrages papier, des boutons verts qui clignotent. Au bout, un petit tas rectangulaire, bien propre, bien régulier, avec sa photo dessus, son prénom Geneviève et un titre en gros : *La Légende des castors*. Un roman, un secret entre elles deux, un message codé, diffusé la nuit sur une fréquence inconnue de Madame Al, ici Londres les Français parlent aux Français, les filles parlent aux mères. Un parachutage en territoire ennemi. *La Légende des castors*, c'est la résistance qui s'organise, qui planque, qui communique à l'aide de noms de code, « Les sanglots longs des violons de l'automne... » Et même si la guerre est perdue, si finalement tout est déjà joué, le papier c'est ce qui reste quand tout a échoué, quand on n'a plus de soldats ni de munitions, on s'en remet à la chance et on verra bien, prenons de l'ail, des pattes de lapin, des trèfles à quatre feuilles. Prenons des coccinelles, des deux-chevaux vertes, des médailles de saint Christophe. Prenons tout. Les histoires que Geneviève raconte sont des bouteilles lancées à la mère, un grigri dérisoire pour déjouer Alzheimer, contourner l'obstacle.

Enfin, ça, le chauffeur de taxi s'en fout, il ne connaît pas Geneviève bien qu'il soit le troisième barreau de l'échelle qui la mènera à son destin. Non, ce qu'il voit, lui, c'est que sa banquette est en désordre, occupée par un manuscrit, alors qu'avant elle était propre, aspirée, shampouinée, aucun microbe, aucune poussière. C'est gênant. Dès qu'il s'arrêtera, pour la pause, il mettra le truc à la poubelle et voilà. Les gens sont vraiment sales de nos jours. Comme ce client derrière qui s'essuie ses pieds dégueulasses sur son tapis moucheté depuis qu'il est monté. Le compteur tourne. Déjà six euros, ça passe vite. C'est sûr. De deux à six, comme ça. Douze euros, Klaxon, autoroute, file de gauche. Vingt euros, clignotant, personne à droite, personne à gauche, il tourne. Être prudent ça compte, c'est sûr. Le client est assoupi. Vingt-deux euros, queue-de-poisson, insultes, jurons. Le client se réveille en sursaut, il a la marque de la banquette sur la joue. Vingt-cinq euros, petite pluie fine, essuie-glaces, décélération. Penser à passer de l'antirouille... Le client descend. Le chauffeur répond à une commande dans le secteur. Le taxi se faufile droite, gauche et se gare devant un immeuble. Le chauffeur est en avance et le compteur tourne. Il saisit *La Légende des castors*, histoire de passer le temps. Il pense que la fille qui écrit doit être spéciale pour avoir envie de mettre sa photo sur son livre. Enfin, admettons. Il ouvre.

*On raconte qu'avant, tout n'était pas comme aujourd'hui. Mais qu'est-ce qu'on en sait ? C'était il y a si longtemps. On raconte qu'avant, quand régnaient les hommes, les castors vivaient en tribus, des milliers, des millions de tribus, au Canada et même ailleurs.*

Tiens, des castors. Drôle d'idée. C'est complètement con comme bestiole un castor. Autant un chien, ça fait des trucs intelligents, un cheval à la rigueur, mais un castor...

*Quand on appartenait à une tribu, c'était jusqu'à la mort. La vie était simple : couper le bois, faire des barrages, nager, fabriquer une petite maison au bord de l'eau, nager. Et puis quand vient l'hiver, tous rentrer dans la petite maison au bord de l'eau et hiberner jusqu'au printemps où l'on retournera nager et couper du bois. Certains d'entre nous mourront chassés par les hommes. D'autres s'éteindront dans la petite maison au bord de l'eau, au milieu des enfants.*

*C'était il y a longtemps, au temps où régnaient les hommes.*

On cogne à la vitre.

— Vous êtes le taxi que j'ai commandé ?

Le chauffeur sursaute et jette le manuscrit à l'arrière, un réflexe.

— Euh oui. Vous êtes Gérard ?

— Oui, c'est ça.

Le client s'installe. Le taxi démarre. Le chauffeur jette à intervalles réguliers des coups d'œil appuyés dans le rétroviseur. Il a l'impression de le connaître ce Gérard. Ils ont peut-être bossé ensemble à la SNECMA. À moins qu'ils aient été à l'école ensemble. Enfoncé dans le siège, Gérard attrape nonchalamment le manuscrit posé sur la banquette et s'y plonge, espérant que le chauffeur cessera de le fixer. Gérard anime un mariage ce soir, des Américains qui marient leur fille débile, elle dort tout le temps à ce qu'il a compris. Il a pris un petit sac, de toute façon, il ne restera pas longtemps, la soirée, la matinée du lendemain, il prend son chèque et il s'en va. Gérard observe la photo de Geneviève, il pense : Elle est pas mal la fille sur la couverture. Ouais. Un peu vieille pour lui peut-être, lui il préfère les jeunes. Enfin, il préfère, il préfère. Il préférait serait plus juste, parce qu'aujourd'hui il a moins le choix. Dans le temps, il aurait pu l'inviter la fille avec ses castors. Dans le temps, il faisait des émissions fortes en contenu.

*On raconte qu'avant, tout n'était pas comme aujourd'hui. Mais qu'est-ce qu'on en sait ? C'était il y a si longtemps. On raconte qu'avant, quand régnaient les hommes, les castors vivaient en tribus, des milliers, des millions de tribus, au Canada et même ailleurs.*

Le taxi s'arrête. Gérard paie et remonte le quai à la recherche de son wagon. Voiture 12, place 78. Dans le temps, il prenait l'avion et ça n'est pas lui qui rangeait ses affaires, on s'occupait de tout, il n'avait qu'à s'asseoir et attendre en descendant des coupes. Des tonnes de litres, des tonnes de coupes. Dans le temps, il disait des insanités aux hôtesses et la plupart le regardaient sans rien dire avec un sourire gêné pour ne pas nuire à leur carrière. Dans le temps, il leur proposait de le rejoindre dans les chiottes, il disait les chiottes dans le temps et ça ne choquait personne.

*Quand on appartenait à une tribu, c'était jusqu'à la mort. La vie était simple : couper le bois, faire des barrages, nager, fabriquer une petite maison au bord de l'eau, nager.*

À l'arrivée, du train il doit encore prendre un bus. Dans le temps, quelqu'un serait venu le chercher. On se battait pour venir le chercher.

*Et puis quand vient l'hiver, tous rentrer dans la petite maison au bord de l'eau et hiberner jusqu'au printemps où l'on retournera nager et couper du bois. Certains d'entre nous mourront chassés par les hommes.*

La maison qu'ils ont louée pour le mariage est immense et tout le monde s'y active, tous les employés, il est un employé et la jeune femme qui s'avance vers lui le sait. Elle désigne le manuscrit de *La Légende des castors* qu'il n'a pas lâché, depuis le train probablement, il ne s'en est pas rendu compte.

Lui : — Ah non, ce n'est pas moi qui l'ai écrit.

Elle : — Vous me le lisez ? Je ne dois pas dormir.

Chacun ses impératifs, elle c'est pas dormir, lui ne doit pas se remplir. Dans le temps, c'est à lui qu'on faisait la lecture mais ça n'est plus le problème, il s'assoit et il lit.

*On raconte qu'avant, tout n'était pas comme aujourd'hui. Mais qu'est-ce qu'on en sait ? C'était il y a si longtemps. On raconte qu'avant, quand régnaient les hommes, les castors vivaient en tribus, des milliers, des millions de tribus, au Canada et même ailleurs.*

Elle pense : C'est mon mariage, je ne dois pas dormir. Une fois déjà, elle a failli se marier avec un garçon comme elle, narcoleptique, mais il s'est enfui. Une honte pour ses parents. Elle appartient à une famille importante, son arrière-grand-père est le fondateur de la plus grande société de papier toilette au monde et son père de l'une des maisons d'édition les plus prospères. Les deux extrémités, mais on reste dans le papier et finalement c'est ça qui compte. Trouver des débouchés. Elle est la petite-fille et la fille narcoleptique, des géants du papier. Sans sa maladie, peut-être aurait-elle trouvé une idée géniale pour faire prospérer l'empire. Des jupes-culottes en papier, des perruques en PQ double épaisseur, des mi-bas en Sopalin. Mais tout ça lui est épargné, elle est la descendance ratée, juste bonne à marier. Elle écoute Gérard, il lit.

*Quand on appartenait à une tribu, c'était jusqu'à la mort.*

C'est son père qui a choisi son mari, le fils d'un éditeur français. Leur mariage est une fusion-acquisition. Dans peu de temps, la société de son père va s'implanter en France. Elle est une OPA en robe d'apparat. Elle ne se souvient pas l'avoir déjà vu son mari, ou alors elle s'est endormie trop tôt. On la coiffe, on la maquille, elle étouffe dans une robe en dentelles, une robe à la chantilly. On lui crêpe le chignon, on la badigeonne. Et Gérard lit.

*La vie était simple : couper le bois, faire des barrages, nager, fabriquer une petite maison au bord de l'eau, nager.*

Et puis Gérard doit aller se préparer. La future mariée lui demande si elle peut conserver *La Légende des castors*. Pas de problème, il est un employé accommodant.

Après la cérémonie, on se retrouve autour de tables saturées de crème, de mayonnaise et Gérard entre en scène au milieu des bruits de couverts. Dans le temps, il était dans cette course. Se remplir. Des mâchoires et des ventres. Un bout d'Amérique, le suicide à la fourchette, manger, manger jusqu'à se remplir à ras bord. Des mâchoires et des ventres, l'Amérique est là, boulimique, culture du trop-plein, tout avaler, tout posséder. La nature humaine est là ? Lécher les assiettes, sucer les doigts, tout doit disparaître, jusqu'à s'engloutir, se calfeutrer dans une maison de chair, de graisse, de glucides, de lipides. Se remplir. Des mâchoires et des ventres. Dans le temps, il était dans la course. Mise en bouche, entrée, viande, poisson, fromage et dessert. Gérard l'a vue piquer du nez dans son assiette mais ça ne l'a pas étonné. Personne n'a vraiment fait attention, elle fait ça depuis toute petite leur a-t-on dit. C'est plus tard que d'aucuns ont trouvé bizarre qu'elle ne bouge pas même un petit peu. Asphyxie par chantilly interposée, le nez dans une grosse part de pièce montée, la part de la mariée. Venir pour un mariage et se retrouver à un enterrement, c'est pas le genre de chose qu'on prévoit, mais les habits sont les mêmes. Les deux bouts de la chaîne.

## Chapitre 14

## *C'est bientôt fini...*

BIEN sûr, Geneviève ne sait pas que la théorie du *5* vient de se vérifier à nouveau, que parce que sa mère (1) a croisé Paul (2), que Paul a pris le taxi (3), que le chauffeur a mis *La Légende des castors* sur la route de Gérard (4), que Gérard a tenu en éveil l'héritière de l'empire du papier toilette (*5*) ; Geneviève ne sait pas que ce sont ces *5* personnes qui ont fait qu'aujourd'hui, indirectement elle a rencontré un des hommes les plus riches des États-Unis certes, mais surtout l'homme qui va faire d'elle... un écrivain. Un écrivain malgré elle bien sûr puisque personne ne voit l'intérêt de lui demander son avis. On prend son manuscrit, et on l'édite, comme ça avec sa photo dessus sans chercher à la joindre ou la prévenir. *La Légende des castors*, le livre, existera par elle mais sans elle, tout le paradoxe est là.

Geneviève est entrée dans un autre temps de son histoire, mais ça elle ne le voit pas. Ce qu'elle voit, un mois après que son manuscrit a croisé la route du père de la mariée narcoleptique, c'est qu'elle a de plus en plus la sensation d'être observée. Ça l'inquiète.

Ça avait commencé doucement, par des regards, du silence et des regards. Alors, après deux mois de malaise, Geneviève était allée s'allonger sur un divan, cossu, moelleux. Elle était allée parler de ce problème de regards qui la suivent et ne la quittent qu'une fois chez elle.

La psy : — Oui, très intéressant.

Des yeux partout et elle au milieu.

La psy : — Oui, oui, passionnant. Mais depuis quand exactement ?

Geneviève ne sait pas, depuis deux mois peut-être.

La psy : — Ah bon. J'aimerais que vous notiez, pour chaque événement que vous vivez, les humeurs qui vous traversent. N'hésitez pas à utiliser des métaphores corporelles, je crois qu'il faut avant tout réinvestir votre corps.

Geneviève : — Ah bon, vous pensez que c'est sexuel cette histoire de regards ?

La psy hoche discrètement la tête. Elle pense que ces gens qui observent Geneviève sont une invention, une hallucination ayant pour but d'exprimer la frustration sexuelle que ressent Geneviève. Tout ça c'est dans la tête. Geneviève se sent bien, soulagée. Tellement décontracte. Si c'est sexuel, ça devrait s'arranger vite, normalement Paul va bientôt revenir.

Geneviève est jouasse et, en termes de métaphore corporelle, disons que Geneviève est un peu dans la même humeur que si elle avait fait un stage de danse africaine, mais sans les courbatures, sans le prof qui sent atrocement fort des bras, sans l'élève excité qui décide de traverser la salle en glissade ventrale pour exprimer ce que lui inspire la danse, l'Afrique, la vie.

La psy l'a dit, les regards cesseront. Geneviève est confiante, tellement détendue qu'elle ne s'inquiète même pas lorsqu'un jeune garçon se poste devant elle alors qu'elle sort de sa consultation et la photographie. Elle pense juste qu'à cette distance-là, à part ses points noirs sur la zone médiane et quelques poils de nez, il y a très peu de choses qui ont pu entrer dans le cadre. Non, elle n'est pas inquiète, elle envisage sereinement l'idée que ce garçon n'existe pas, enfin, pas dans cette réalité-là. Elle croit que c'est elle qu'il photographie sauvagement alors qu'en fait, c'est probablement quelqu'un ou quelque chose d'autre derrière elle, un peu à droite ou un peu à gauche. Elle se prend pour le centre du monde mais ça s'arrangera, juste une vue de l'esprit. Geneviève est dans la même humeur que l'homme de l'Atlantide quand il regagne la haute mer dans son maillot de bain jaune, elle nage vite, elle fend les vagues. Elle se sent en forme, elle se sent d'attaque pour faire quelques courses, elle a même une liste. Une journée normale, en somme, où Geneviève ne pense à rien, elle a trente ans et deux mois, ça n'est pas l'été, les oiseaux ne chantent pas.

Là, une fille surgit, surexcitée. Elle lui découpe un bout de sa liste de courses en hurlant Geny t'es Geny. Ensuite elle embrasse religieusement le bout de papier et part en sautant d'un pied sur l'autre comme si elle avait cinq ans, comme si c'était l'été, comme si les oiseaux chantaient. Geneviève met ça sur le compte d'un mauvais trip aux extas et ne prend pas vraiment pour elle cette hystérie. Sa paranoïa l'a quittée et elle s'en réjouit.

Donc bon, la vie continue. Tiens, elle se dit, j'irais bien chez le coiffeur. C'est toujours comme ça, quand on va ou quand on ne va pas, ce sont les cheveux qui trinquent en premier. On voit une amie entrer dans la cuisine, elle dit c'est vraiment chouette la vie, elle est rasée d'un côté avec une grande mèche rousse de l'autre, on peut dire sans hésiter qu'elle ne va pas fort. L'indice capillaire, ça ne trompe jamais. Là, Geneviève, totalement relaxée, partirait bien vers une coupe jeune et mature à la fois, une coupe trente trente-cinq ans. Des tresses peut-être, elle dit à la coiffeuse. Ouais, c'est bien les tresses, ça dure longtemps en plus. Geneviève est chez le coiffeur, la moitié de la tête hirsute, l'autre vigoureusement prise en main par une femme bien décidée à lui faire des tresses qui ne se détacheront pas de son crâne de sitôt. Geneviève souffre en silence alors qu'elle sait très bien que le proverbe *Il faut souffrir pour être belle* ment, qu'il y en a qui souffrent et d'autres qui sont belles, et que ce sont rarement les belles qui souffrent. Mais bon, la coiffeuse lui arrache le crâne, Geneviève se tait, serre les dents et lit des magazines, plein de reportages passionnants sur des jumelles siliconées qui font du snowboard, sur des femmes qui allaitent encore leurs enfants qui ne vont pas tarder à avoir huit ans. Au moment où la coiffeuse entame la troisième tresse en calant la tête de Geneviève avec son pied pour pouvoir serrer à fond, une horde sauvage se rue dans le salon, déchire entièrement le magazine sans intérêt que lisait Geneviève et repart. Une fraction de seconde, un clignement d'œil et tout est fini. Là, Geneviève est dans une humeur qui s'éloigne de la danse africaine pour rejoindre celle d'un spectateur qui assisterait à une représentation de claquettes irlandaises et qui vivrait mal ce défilé ininterrompu de gens qui se déhanchent sur des airs de flûtiau strident. C'est ça, si elle devait mettre des mots corporels sur son humeur, c'est ce qui se rapprocherait le plus de ce qu'elle ressent. Geneviève pense que ce serait bien que les gens cessent de prendre de la drogue et de détruire les bouts de papier auxquels elle s'intéresse. Ce serait vraiment bien.

Quatre heures plus tard, elle sort du salon de coiffure avec une coupe lui interdisant de sourire mais lui procurant en permanence un écarquillement quasi mystique des paupières. Elle ne souhaite pas finir cette journée décontractatoire sans faire une petite promenade. Là-dessus, une jeune fille la plaque au sol.

— Geny ? T'es Geny ? Oh délire, j'le crois pas !!! Geny, j'te kiffe trop !!! J'peux t'prendre un cheveu !!! Oh délire !!!

— Euh bonjour...

Geneviève tente de rester calme et avenante et ce en dépit du fait qu'une adolescente au bord de l'implosion hormonale essaie de lui trancher les deux tiers de son capital capillaire au couteau suisse.

— Ooooohhhhhh. Tu peux me signer ton livre ?

Bien sûr, voyant cette jeune fille gothique qui saute sur place et bave légèrement, Geneviève ne souhaite absolument pas se montrer contrariante. La jeune fille lui tend un objet indéniablement livrisant, une petite chose rectangulaire avec une photo en couverture, une photo de Geneviève, à n'en pas douter, un vieux Photomaton immonde où sa paupière gauche semble totalement anesthésiée, lui donnant un air de toxicomane en cours de désinto. Au-dessus de sa photo, un titre : *La Légende des castors*. Au-dessus du titre, un prénom, Geny. Au-dessus du prénom, une maison d'édition, Jackie Éditions. Geneviève se sent dans l'humeur d'une danseuse classique qui n'aurait qu'un bras.

Elle s'interroge sur le chemin du retour : Jackie Éditions, Jackie Éditions. Qu'est-ce que c'est que ça ?

Jackie Éditions, impossible à trouver dans l'annuaire. Enfin non, disons qu'il faudrait pouvoir se concentrer et là, avec le téléphone qui n'arrête pas de sonner, c'est pas évident. Geneviève ne se lève pas, le répondeur répond, il est payé pour ça, il fait ça très bien, c'est pro, c'est carré. Sur la cassette s'imprime la voix de Paul, Geneviève lâche l'annuaire qui atterrit sur l'ongle de son petit orteil, se prend le pied dans sa couette et atteint le téléphone. Trop tard, il a raccroché, il a dit qu'elle lui a manqué, que là, il va être injoignable parce qu'il entre dans le RER, qu'il sera chez lui dans une heure environ. La bande se déroule avant arrière et se recale en prévision d'autres messages. Le répondeur enregistreur répond et enregistre, il est payé pour ça.

Geneviève est déçue mais, en même temps, elle vient de mettre la main sur l'adresse de Jackie Éditions. Il faut faire vite, Paul arrive dans une heure. Le taxi la dépose devant un immeuble, brillant et vertigineux, un immeuble en verre avec des portes qui coulissent toutes seules, sans bruit, fuuuut, avec une standardiste qui dit hello, bonjour, guten tag, aligato. Une standardiste totalement dans la connivence. Elle lui fait des clins d'œil, lui appelle le directeur, lui sert une boisson chaude, une boisson froide, un cigare, un massage des cervicales, un masque désincrustant visage. On accompagne Geneviève dans un bureau qui suscite inquiétude et envie, le bureau du directeur. Il est là, il l'accueille.

Il lui dit d'un air totalement manageurial : Ah ! Vous voilà ! Comment ça va Geny mon chou ? Je savais que vous viendriez un jour ou l'autre. Pas eu trop de mal à nous trouver ?

Il est le P-DG charismatique de Jackie Éditions et il tient à ce qu'elle se sente ici comme chez elle. Il tient à lui faire savoir qu'il croit en Dieu et en l'impulsion que chacun donne pour amener l'entreprise vers des sommets de compétitivité. Jackie Éditions c'est des millions d'exemplaires vendus dans le monde. Aujourd'hui, ce qui intéresse Jackie Éditions c'est comment faire un roman en adéquation avec la mondialisation, fantastique révolution qui permet à des jeunes de tous les pays du monde d'aimer exactement les mêmes choses, exactement au même moment, exactement au même prix. Et comment s'y prend-on ? C'est simple. Jackie Éditions c'est de la réactivité, des auteurs en adéquation avec le marché, des écrivains qui ont un passé dans la prostitution, la drogue, le skateboard, le roller sur rampe, des auteurs qui ont effectué un séjour d'au moins deux semaines en prison dans la même cellule qu'une rappeuse peu importe laquelle du moment qu'elle ait reçu, dans les cinq dernières années, un MTV awards. Avant son arrivée à lui, tout n'était évidemment pas comme ça, mais il y a mis bon ordre, une partie des auteurs a été mise en mobilité. Aujourd'hui, Geneviève vient d'entrer dans le troisième millénaire, celui où licencier quelqu'un se dit mettre en mobilité. Tu es mobile, tu peux bouger, donc tu vas partir très vite de cette entreprise.

Le P-DG charismatique : Mais bon, pour vous, Geny mon chou, c'est très différent.

Forcément puisqu'elle est dans le mouvement, elle fait jeune, elle est noire, c'est bon ça. Ça peut lui ouvrir les portes du marché afro-américain voire indien si elle se fait défriser les cheveux et piercer le nez. En revanche quand il a eu son manuscrit entre les mains, il s'est tout de suite dit qu'il fallait changer le prénom qu'elle y avait inscrit pour quelque chose de plus proche des 15-24 ans, qui sont un réservoir potentiel fort d'un point de vue marketing.

Aujourd'hui donc, Geneviève a trente ans deux mois et un prénom de vieille, encore que, pour le prénom, ça ne date pas vraiment d'aujourd'hui. Mais ce que le P-DG charismatique ne sait pas, c'est que sans ce prénom, cette rencontre n'existerait pas. Pas de Geneviève, pas de *Légende des castors,* puisque rien ne serait arrivé sans le Canada, ni le prénom, ni cette histoire avec des castors, des marmottes, des trappeurs. Un roman qui se passe hier, quand la mère de Geneviève pensait que tout serait simple, qu'elle serait heureuse et aurait beaucoup d'enfants. Un roman pour se souvenir du temps d'avant que la mère devienne agitée, tourmentée, ombrageuse. D'avant que la mère ne se retire, laissant une écume sombre et mélancolique. Mère dangereuse, drapeau rouge. Sans tout ça, *La Légende des castors* n'existerait pas et

Geneviève ne serait pas là à écouter le discours d'un P-DG charismatique, au dernier étage d'un immeuble en verre. Mais ça les dirigeants de Jackie Éditions s'y intéressent peu, ils ont préféré oublier « Geneviève » et aller vers un prénom plus en adéquation avec le message qu'ils souhaitent faire passer aux jeunes : le livre c'est comme un disque mais sur du papier. Après trente-cinq schémas pondus par une équipe marketing-commerce-communication très en forme, tout le monde a été d'accord pour dire que l'idéal, le top du top, serait que Geneviève devienne Geny, un prénom rond mais qui en même temps frappe le cœur et l'esprit aussi bien aux States qu'à Francfort.

Aujourd'hui, Geneviève a trente ans deux mois et un prénom qui kiffe son corps. D'ailleurs, dans l'idéal et sans vouloir la commander, le P-DG trouve qu'elle devrait porter des jeans moulants avec des strass collés à l'emplacement de la zone pubienne. Zone très fortement ancrée dans l'imaginaire du 15-24 mâle, marché je le rappelle outrageusement porteur. D'autre part, si elle pouvait se tatouer les côtes flottantes et se teindre les poils d'aisselles en blond, ce serait le top. Mais bon, on n'en est pas là. Il ouvre une armoire remplie de *La Légende des castors*. Et toujours cette photo atroce. Geneviève se voit en un, en dix, en vingt, en centaines d'exemplaires, sur des présentoirs, dans des vitrines. Elle partout.

En somme, Geneviève est Geny, trentenaire autoscarifiée sur l'autel de l'élargissement du réservoir

15-24 d'une maison d'édition. Un bandeau rouge ceint chaque livre, elle y lit : « Déjà 300 000 exemplaires » en plus gros que le titre. D'ailleurs c'est le titre en quelque sorte, un titre interactif, une mise en abîme permanente. Quand on lit : « Déjà 300 000 exemplaires », on en est à 300 001, 300 010, 300 100.

Geneviève s'ouvre et se parcourt : *On raconte qu'avant, tout n'était pas comme aujourd'hui. Mais qu'est-ce qu'on en sait ? C'était il y a si longtemps. On raconte qu'avant, quand régnaient les hommes, les castors vivaient en tribus, des milliers, des millions de tribus, au Canada et même ailleurs.*

Le P-DG charismatique : — Bon, Geny mon chou, quand j'ai lu ton CD papier...

Aujourd'hui, Geneviève a trente ans deux mois et il lui faut admettre que le P-DG charismatique qui croit en Dieu ne l'appellera plus que Geny mon chou. Car il l'aime bien et il a adoré son style, son histoire de castors, il a trouvé ça bien, le côté poils, dents longues, bois. Super. Sur le paperboard, il va d'un mot à l'autre avec un gros marqueur. Mais il manquait un truc. Il s'est dit que si on faisait la même chose avec des êtres humains, on irait plus loin par rapport au cœur de cible. Il voulait garder le côté groupe, bande, qui est fort alors il a changé la bande de castors en groupe de rap qui mène une enquête.

Tous les membres du groupe portent des bonnets en castor. Là en plus, c'est vraiment intéressant du point de vue merchandising. Le personnage du trappeur écolo, il en a fait un fabricant de blousons en cuir de castors. Il part dans les bois relever ses pièges, après avoir vendu quelques pantalons en cuir à des groupes de hard métal, dans une boîte de nuit à New York. Là-dessus, au lieu de tomber sur une réunion de castors, le trappeur trouve une femme nue qui ne bouge plus mais qui n'est pas morte car ça fait très peu de temps qu'elle est là.

Le P-DG charismatique : — Tu me suis Geny ?

Aujourd'hui Geneviève a trente ans et deux mois, elle est dans l'humeur d'un champion de barres parallèles qui s'explose l'entrejambe sur la barre du bas. Surtout en apprenant que la femme que trouve le trappeur dans la neige est poursuivie par la mafia japonaise qui veut récupérer la cassette du groupe de rap. Les gentils vont s'en sortir grâce au kung-fu et, à un moment, ils jetteront des castors aux visages de leurs poursuivants pour gagner du temps. Et là, on est fort sur la relation homme-animal.

Enfin, le P-DG tend un livre à Geneviève et lui propose de voir tout ça par elle-même. Il lui parle de sa fille morte, Jackie, en l'honneur de laquelle il a édité *La Légende des castors*.

Le P-DG charismatique :

— Tu comprends, Geny mon chou, elle avait ton manuscrit à la main quand elle est morte.

Une larme coule sur sa joue, il l'essuie négligemment. Geneviève s'attend à entendre, dans le lointain, un solo de piano ou une envolée de violons comme dans les films américains. Mais rien. L'instant d'après tout a repris sa place, le P-DG lui tend un chèque. Aujourd'hui, Geneviève a trente ans deux mois et un chèque dans sa poche d'un montant même pas envisageable pour une fille de cité. Elle se lève. Elle est un peu étourdie, ça fait trop d'infos d'un coup. Elle se sent dans l'humeur d'un sumo qui, au moment de prendre son élan, s'aperçoit qu'il a perdu son string. Sans compter que, quelle heure est-il ? Elle doit rejoindre Paul.

Seulement, en sortant de Jackie Éditions, Geneviève est immédiatement prise en chasse par deux mille adolescents au mieux de leur forme. Elle éprouve sa capacité à courir, s'étonne de disposer d'une foulée aussi régulière. Elle maintient les fans à distance. Une jeune 15-24 ans tente un plongeon et parvient à arracher le sac de Geneviève qui, dans une accélération rappelant un peu un athlète du 400 mètres dans la dernière ligne droite, s'engouffre dans une station de métro et saute dans un wagon. Un 15-24 ans parvient à glisser un bras avant que les portes ne se referment et tire un poil du nez de

Geneviève. Au bord de l'asphyxie, elle s'affale sur un strapontin, un 15-24 ans s'assoit à côté d'elle. Lui, il est chanteur et il capte tout de suite le feeling des gens.

— Salut, j'suis chanteur et j'capte tout de suite le feeling des gens.

C'est par la musique qu'il rejette les *bad vibes*. Ce qui a le mérite d'être pratique, constate Geneviève qui, elle, en revanche n'a aucun moyen de rejeter le 15-24 et ses vibrations loin d'elle. Par conséquent elle prend le parti de penser à Paul et, aussitôt, des scènes enfiévrées lui viennent. Des images torrides à base de string en dentelle arraché avec les dents. Images qui, automatiquement, l'obligent à se confronter à deux faits majeurs. D'une part, aujourd'hui, elle porte une grosse culotte gainante en coton, envoyée récemment par les *3 Suisses*. D'autre part, il est fort possible que, n'ayant pas vu l'esthéticienne depuis un mois pour cause de fermeture annuelle du salon, Geneviève ait développé une sorte d'énorme moustache pubienne. Et même les femmes qui gouvernent le monde n'échappent pas à la trilogie existentielle : maillot-aisselles-demi-jambes. À part, bien sûr, les femmes qui gouvernent le monde souffrant d'alopécie généralisée qui, elles, rêvent probablement de n'importe quelle capillarité y compris des mèches de deux mètres sur les jambes. Ce n'est pas le cas de Geneviève qui regrette amèrement de n'avoir pas commandé l'épilateur électrique de poche aperçu en page 916 des *3 Suisses.*

Geneviève est contrariée, ce qui la ramène directement au jeune garçon assis près d'elle qui, à présent, aimerait savoir si elle ne connaîtrait pas les Vibe 5 ? Non, Geneviève ne les connaît pas. Et MC Chucky ? Geneviève n'en a pas entendu parler. Et les Shnckyburgers ? Ah non, non plus. Dans ce cas, elle connaît au moins les FuCkators, c'est des Blacks aussi ?

Geneviève se demande comment sortir au plus vite d'un lien privilégié qui se tisse avec un 15-24 qui pense qu'elle connaît l'ensemble des Noirs de la planète. Mais en fait non, même en cherchant bien, elle ne connaît pas les FuCkators car elle est deux fois plus âgée qu'un 15-24. En plus elle sent monter une sorte de méfiance à l'égard des jeunes, surtout depuis qu'une bonne moitié de ce qui constituait son imper fait à présent partie de la collection personnelle de 15-24 qui kiffent son style. Son nouvel ami reste concentré sur son problème musical et prend sur lui de chanter *a capella* un extrait de *Come here come now.* Cococococococome here. Come now yes baby come. Yeeyeyeyeyeyeyeyes baaaby. Coooome ououh.

Il s'interrompt. Alors ? Ça te dit rien ? Non, là il faut bien l'avouer, non. Et sinon, t'es contre l'improvisation théâtrale ? Geneviève décroche à nouveau, cherchant une solution à cette histoire de sexualité torride complètement compromise sauf à trouver un épile-minute sur le chemin. Elle se prend à regretter qu'il n'existe pas de SOS poils comme il existe des SOS médecins. Dommage. L'affaire est problématique, tellement que Geneviève sort du métro en oubliant son sac. Détail qui aura son importance quand, dans un mois, elle constatera à quel point tout converge pour dire que, à part les femmes enceintes, personne n'a envie de Viandox à 7 heures du matin. Évidemment, Geneviève ne se souviendra probablement pas que dans le sac resté dans le métro se trouvait la pilule qu'elle avait totalement omis de prendre. Évidemment.

Raconter comment Paul et Geneviève découvrirent qu'ils allaient être parents, c'est raconter comment nos vies nous ramènent sans cesse au théorème de Van Viergen, à la théorie du *5*.

## *Épilogue*

C'ÉTAIT en mai 1913, Émile avait dix-huit ans. Il naissait à la vie et mourait le même jour, écrasé par un ornement mal fixé de la façade de l'église.

Il laissait une femme, un enfant à naître et un manuscrit qui fut religieusement conservé pour être finalement perdu dans un déménagement quelconque, quelques générations plus tard.

Il laissait aussi un petit morceau de papier qui jaunirait avec le temps, un post-scriptum glissé entre deux pages cornées.

*Je commence à entrevoir en quoi la théorie du 5 pourrait s'appliquer à la vie elle-même.*

*Mon raisonnement est le suivant : de la naissance à la mort, l'homme compose uniquement avec 5 propositions, 5 paramètres, toujours les mêmes.*

*Notre attitude face à l'existence n'est donc pas soumise au hasard, elle s'organise autour de 5 réponses possibles : la folie, le cynisme, l'engagement, le retrait, l'oubli.*

*Nous ne faisons que jouer sur l'intensité de l'un ou l'autre de ces facteurs.*

*Émile Van Viergen, mai 1913.*

Enfin, tout ça c'était hier. Et aujourd'hui ?

*Table des matières*

# Illusions à perdre

## *Le quart d'heure islandais*
Tania de Montaigne

Actrice islando-française, Emyrka Rerc a acquis son statut de star internationale avec son seul film : *Elueug et egatuof*. Quarante ans après avoir reçu la palme du 51e Festival de Cannes, l'ancienne standardiste devenue perle noire du cinéma est invitée à remettre la palme à son tour. Revenant sur ses débuts et son entrée dans le monde superficiel et stupide du show-biz, Emyrka se lance dans une satire brillante de la société du spectacle et fustige un processus de starification qui ne connaît pas de mesure.

***(Pocket n° 11614)***

www.pocket.fr
Le site qui se lit comme un bon livre
Informer
Toute l'actualité de Pocket, les dernières parutions collection par collection, les auteurs, des articles, des interviews, des exclusivités.
Découvrir
Des 1ers chapitres et extraits à lire.
Choisissez vos livres selon vos envies :
thriller, policier, roman, terroir, science-fiction...
POCKET
Il y a toujours un Pocket à découvrir sur www.pocket.fr

*Cet ouvrage reproduit par procédé photomécanique*
*a été achevé d'imprimer sur les presses de*

**BUSSIÈRE**

GROUPE CPI

*à Saint-Amand-Montrond (Cher)*
*en mars 2005*

POCKET - 12, avenue d'Italie - 75627 Paris Cedex 13
Tél. : 01-44-16-05-00

— N° d'imp. : 50636. —
Dépôt légal : avril 2005.

*Imprimé en France*